LA PROFONDEUR DE L'EAU

JESSICA MARTIN

LA PROFONDEUR DE L'EAU

roman

ALBIN MICHEL

« *Je suis vivante,* songe-t-elle.
Je suis vivante. Je suis vivante. »

Anna Hope,
Le Chagrin des vivants[1]

1. Traduction d'Élodie Leplat, Gallimard, 2016.

Ce livre est dédié à tous les jeunes de foyers.

I

1

Mon histoire commence à la naissance de Jade, ma deuxième. Ou plutôt elle recommence là, précisément : cette veille de Toussaint 2001.

J'ai accouché début septembre, et depuis ma mère me tanne pour que je vienne lui montrer sa petite-fille. Mais avant le parloir, prévu le lendemain, comme chaque année je me rends à Solcy, fleurir la tombe de Jérémie. Florian n'est pas présent, mais Josiane, ma belle-mère, m'accompagne dans la voiture pour garder les petits.

J'ai un rituel depuis ado. D'abord on se gare devant la maison sous scellés, 8, chemin des Rosiers. Le lotissement s'appelle *Les Cyprès*. À côté, au 6, il y avait les Guérard, des amis de mes parents, ceux qui entendaient tout.

La maison est un pavillon Bouygues, avec un toit bien pentu, et deux velux, un pour notre chambre avec Ashley, ma demi-sœur, un pour celle de mon frère. De notre côté il y a des moisissures, de la buée, de la verdure. De son côté à lui, un rond sans buée, comme si quelqu'un avait passé la main.

Je me gare, je guette si quelqu'un vient. Chaque fois je me demande comment je pourrais entrer. Chaque fois j'ai ce désir de péter le verrou, réouvrir cette boîte dans quoi on a vécu.

Je regarde si la porte du garage est pas ouverte, ou le vide sanitaire. J'attends face au crépi de cette maison qu'ils venaient de faire construire, avec le petit jardin et ce qu'on appelait la butte, le tas de terre dans lequel on se roulait. Je reste un bon moment, avec la trouille aussi que quelqu'un apparaisse et me propose vraiment d'entrer.

Des fois comme on attend avec les assistantes sociales au début, puis avec madame Chauzain ma mère adoptive, ou ensuite avec Florian mon mec à l'époque, qui deviendra le père des enfants et ensuite mon mari, on croise des voisins qui nous disent : Mais vous êtes qui, vous ? Cette maison, il s'est passé des choses, il faut surtout pas l'acheter ! On explique qu'on sait, qu'on est bien au courant. Alors qu'au fond pas du tout, c'est bien ça le problème.

Je me gare devant le cimetière, je vais à la tombe, qui est pas refaite encore, une croix en bois avec écrit *Jérémie Martin*, sans pierre tombale. Je m'agenouille, j'embrasse la croix. Il y a un chevreuil cassé, en bois, comme un vieux jouet que quelqu'un a posé là pour lui. Chaque fois que je viens, je trouve de nouvelles choses. Je sais pas qui met ça, mais des gens passent, il attire les esprits.

Dans mon rituel je lui parle à voix basse et je prélève

des cailloux sur la tombe. Je les mets dans mes poches. Petite, j'acceptais pas qu'il soit mort, je voulais le déterrer, sortir son corps en vie, l'enlever de là-dedans. Je creusais de mes doigts, je l'emportais sous la forme de cailloux, dans mon sac. Encore aujourd'hui, j'ai toujours mes cailloux avec moi. Je regarde le ciel, les nuages : je sais qu'il est là.

2

Après le cimetière ce jour-là, je me rends à la mairie, et Josiane attend dans la R21 avec les enfants. Ça c'est pas dans le rituel, mais pas le choix, depuis douze ans que ça traîne, si je veux enfin faire la tombe.

La secrétaire de mairie m'accueille : une femme brune, assez mince. Je vois qu'elle me reconnaît direct, mais prend le temps de me scruter. C'est toi, Jessica ? elle demande. Oui, je dis, c'est moi. Je viens savoir s'il faut payer quelque chose pour la concession, et à qui m'adresser pour les sépultures.

Elle me regarde troublée, comme émue : Comment ça va ? Qu'est-ce que tu deviens ? Ça fait plaisir de te voir ! Oh là là, mais quel drame ! Elle a l'air étonnée que j'aie l'air aussi normale, douze ans après. À se demander ce qu'elle imaginait. Mais tu vas voir ta maman en prison ? elle demande. J'explique que oui, vu qu'elle y est toujours. Et elle : Ah bah ça !… Et moi, avec le ton qui monte : C'est-à-dire ?? Vous voulez dire quoi par là ?!!

Tu sais, elle me dit, j'y étais à l'enterrement de ton

petit frère. Ta maman qui explose en sanglots, qui se roule par terre, qui fait un pataquès parce qu'elle vient de perdre son fils. Nous on s'est dit, la pauvre, perdre un enfant de six ans, quelle horreur ! D'ailleurs c'est moi qui ai rédigé le premier acte de décès de mort naturelle.

Après ça, elle enchaîne en mode pitié maximum : Oh ma chérie, je suis tellement désolée de ce qui t'est arrivé ! Et pendant toutes ses simagrées moi j'ai juste envie de la cogner, de la briser en deux, pour bien lui faire comprendre qu'elle sait rien de ma vie. Mais je me retiens, je suis plus forte que ça, cette femme je lui parle juste parce que j'ai décidé de faire la tombe de mon frère. Le problème, c'est qu'elle a pas fini : Tu sais, les services sociaux nous ont expliqué, votre vie à Aubervilliers, oh là là. Et comment tes parents sont venus s'installer au village. Elle continue un bon moment, à me pleurnicher dessus. Puis elle m'explique que les pompes funèbres ont offert l'enterrement et le cercueil, et enfin elle me donne l'adresse de l'entreprise Foulx, à Treil, pour faire la pierre tombale. Sinon la concession, t'inquiète pas, elle ajoute, tout est pris en charge. C'était le moins qu'on puisse faire ! En tout cas je suis contente de te voir en pleine forme.

Je me rends direct à Treil et c'est le même cinéma avec le patron Foulx et sa femme apprêtée : Vous pouvez pas savoir comme cette histoire nous a marqués ! Les journalistes qui débarquent chez nous ! Pour un direct aux infos nationales !

Avec monsieur Foulx on décide enfin d'une tombe, d'un prix. Je me souviens : 10 000 francs. Un peu avant j'avais touché mon dédommagement du procès des Bellot, mais j'avais tout dépensé pour la naissance des enfants et me payer la R21. Alors c'est ma belle-mère, Josiane, qui a avancé l'argent. Mais depuis j'ai remboursé. Jusqu'au dernier centime.

Monsieur Foulx a tout son temps il faut croire. Il m'explique le type de cercueil qu'il avait choisi, me parle du corps de Jérémie, de comment il était présenté. Je lui demande s'il est enterré profond. Il me dit que tous les corps sont à la même hauteur. Et si un jour je meurs, est-ce que je pourrais être enterrée avec lui ? Il reste de la place ? Il me dit oui.

3

Après la visite à la prison de Nantes, où ma mère a été bien contente de découvrir Jade, on reprend la route vers Paris, je raccorde le périph jusqu'au rond-point de l'Alliance, et je me trouve une place pile au pied de notre tour.

Juste avant la naissance de Jade, on a eu droit à cet appart HLM : 11, rue de Vannes, à Meaux. Comme l'ascenseur déconne, et que j'ai besoin d'air, je me fais les onze étages à pied, et ma belle-mère prend l'ascenseur avec la poussette double. Elle vit avec nous depuis que Laurent, le frère aîné de Florian, a mis le feu à sa chambre et finalement à tout l'appart, en s'endormant clope allumée.

On mange sans rien se dire, Florian comme d'hab défoncé devant la télé. C'est juste au moment de me coucher que je sens que quelque chose cloche. Quelque chose de déréglé en moi depuis cette secrétaire de mairie. Je pense à ma mère, dans sa prison. Je viens d'avoir vingt et un ans. Avec Sylvie ma mère on avait calé un parloir téléphonique, pour qu'elle me souhaite mon anniversaire de vive voix. J'avoue j'avais aucune hâte de ce coup de fil. Rien que penser à sa voix pleurnicharde, je me sentais étouffer.

Depuis mes dix ans je la visite en prison. Maintenant je reste le week-end, le samedi de 14 à 17 heures, puis je dors au Centre familial, gratuit si on peut dire, pour profiter de deux heures de parloir bonus le dimanche matin. Surtout pas oublier ses Mon Chéri en douce, sa petite dose d'alcool. J'ai de plus en plus de mal.

Récemment elle est en boucle sur ces nouvelles unités enfants-parents, cinq petites maisons séparées construites dans la prison, où on serait censés restaurer l'ancienne vie familiale : table, cuisine, chambre, le bonheur en modèle réduit, j'ai tous les prospectus, en vingt-quatre exemplaires. Ça la réjouit tellement, elle veut que je vienne y passer le week-end, avec Jade et David, et moi j'ose pas lui dire que je veux pas vivre ça.

J'ai eu 21 ans le 12/10/2001 : 2, 1, 0, comme un compte à rebours. Je repense à ce que m'a dit mon avocate, maître Fontane, que j'avais revue il y a quelques années pour le procès des Bellot : Jessica, si un jour tu sens que c'est le moment, appelle-moi.

Le lendemain, je pose les enfants chez la nourrice, je trouve une place facile, dans le centre de Chessy, et quand j'arrive au cabinet, c'est la mère qui me reçoit, maître Fontane en personne, alors que c'est sa fille maintenant qui a repris l'étude. Je vis ça comme un nouveau présage, comme si elle m'attendait.

Elle me fait un café, on fume une cigarette. Ça y est, elle me dit, tu es prête ? Je sais pas trop quoi répondre, ni même précisément de quoi elle veut parler.

Elle fouille dans une armoire, sort un dossier énorme, me dit : Voilà, tout est là.

4

Ado je refusais qu'on dise du mal de ma mère. Mon avocate, les psychologues, m'affirmaient certaines choses, au passage, et je n'acceptais pas. Pour moi c'était des gens contre elle, et moi sa fille je devais être contre eux.

Il est midi quand je reviens chez moi, avec le dossier. Josiane ma belle-mère est au boulot, Florian pas encore levé. Je me retrouve devant cet énorme tas de feuilles divisées en classeurs sur la table de la cuisine, je me souviens, cette cuisine pas très large mais très longue, peinte en jaune, avec une petite fenêtre au bout, des carreaux blancs et rouges au sol, un plan de travail en mélaminé, un évier en inox, une hotte qui a jamais fonctionné, une gazinière à quatre feux.

Je me fais une infusion. Du temps passe. Dans le salon Florian commence à recevoir ses potes-clients, l'air saturé de fumée vient jusqu'à moi : cette odeur de beuh froide, depuis quatre ans qu'on vit ensemble, qui imprègne chaque objet. Je me dis : comment faire, comment ouvrir cette chose, par où commencer ? Je dois avoir les mains qui tremblent, peut-être que je suce mon pouce pour tenter de me calmer.

Je m'assieds, fume des clopes, puis là j'ouvre au hasard et je tombe sur des titres comme *Étude psychologique de Mme Martin Sylvie*, ma mère, *Expertise médico-légale de M. Pons Alain*, mon beau-père. J'essaie de voir un peu comment tout est classé, mais il y a pas de sommaire, pas de mode d'emploi. Puis ce mot, *autopsie*. Je crois que je comprends pas vraiment ce qu'il veut dire, mais je l'ai déjà entendu quelque part, et même aussi entendu je crois la veille, par la secrétaire de mairie.

Je commence à lire : *Je soussigné, P* G***, docteur ès sciences, spécialiste en toxicologie, (après avoir pris) en charge les prélèvements organiques effectués par le docteur C*** lors de l'autopsie de Jérémie Martin effectuée le 29 avril 1989 à l'IML de Paris, et après avoir procédé à l'analyse toxicologique de ces prélèvements, conclus à la présence de 110 µg/litre de strontium...*

Je me lève, allume une autre cigarette. Qu'est-ce que ça veut dire ? Je me mets à relire le passage, à voix basse, comme quand je prie sur la tombe. Je répète ces mots étranges, nouveaux pour moi, et ça fait comme une buée de sens, comme un hammam couvert de carrelage de cuisine, avec tout au fond un médecin en blouse blanche agenouillé sur un tapis de prière, et d'un coup je ressens une immense fatigue, le corps me lâche, tombe dans le vide ou cherche à disparaître.

5

Dans la cuisine le néon renforce la nuit autour. La fumée m'enfouit, comme si je prenais feu, mais un feu froid, carrelé, de serpillière humide, qui arriverait pas à prendre.

Je repense au croque-mort qui a prévu une place pour moi, et puis à la secrétaire de mairie : *Ta mère à l'enterrement, qui fait son cinéma.*

Devant moi il y a maintenant ce titre : *Ordonnance de prise de corps.* J'hésite face à la page, démunie. Florian je peux rien lui demander, il comprendra pas. J'aimerais que sa mère soit là. Josiane est un peu comme une maman pour moi, elle m'accompagne souvent aux parloirs, elle connaît bien Sylvie ma vraie mère, elle l'a vue plusieurs fois.

Tu veux que je lise à ta place ? elle dirait. Et moi : Non, il faut que ce soit moi. Et je me mettrais à lui faire la lecture. Dès le début j'ai eu cette sensation qu'il fallait la partager, cette histoire, pas rester seule avec.

Puis cette première phrase : mon beau-père *Pons*

Alain qui a été *pris au corps* et *conduit à la maison d'arrêt de Seine-et-Marne, à Meaux.*

Pris au corps, comme une prise de judo. Je relis aujourd'hui ce passage, et ça me parle cette expression : de corps astraux, d'histoires d'entités, de profondeurs. D'êtres plaqués au sol, de clés de bras, de jetés en prison.

6

Aujourd'hui je n'ai plus peur de la mort. Même je la trouve belle. Ce sont les hommes qui jouent avec qu'il faut craindre. Ils la respectent pas, ils sont téléguidés par des forces maléfiques, mais sans se rendre compte.

La mort n'est pas le mal. D'ailleurs parfois elle me rend visite, sous différentes formes. La dernière fois je conduisais sur la route de Montauban, c'était l'aube. Je traversais ce village cabossé pour me rendre chez un client, la tramontane soufflait, quand soudain je l'ai vue : habillée en burqa. Elle était petite et elle rasait les murs, avec son sac à commissions. De l'autre main elle tenait ses habits pris au vent. Une rafale a arraché son masque, elle a fait un écart, j'ai pilé juste à temps et j'ai vu le visage, blanc de craie, des traits d'Occidentale, les orbites comme deux cavernes sombres.

On se tenait à quelques mètres, les phares brûlaient sur elle, agitée à se couvrir. Puis je l'ai vue dans le rétro, disparaître, ses mains luisant d'une lueur froide, son corps gazeux recroquevillé, et j'ai pensé : la mort.

Mais cet après-midi-là, il y a de ça vingt ans, dans ma cuisine jaune de Meaux, avec mes infusions mes clopes et mon mal de crâne, j'avais encore rien compris à la vie, à l'au-delà, j'étais juste perdue. J'avais envie de saisir, et surtout le besoin, mais sans aucun outil.

J'appelle Josiane à son travail : Écoute il y a un truc, il faut qu'on parle. Elle : Ok j'arrive direct à la débauche. Et à l'époque j'ai une totale confiance en elle, malgré sa dureté.

Alors j'essaie de l'attendre, le dossier replié devant moi, qui déborde, et le vide qui s'agrandit, et si c'est ça la vie, ce trou qui s'ouvre à la naissance, là je me tiens debout au-dessus les mains accrochées à la table, à l'évier, à récurer des assiettes propres, à piétiner dans la cuisine, me parler toute seule, me cogner dans le chauffage électrique déjà beugné de cinquante ans de coups, un de ces chauffages qui a pas mal encaissé, qui réchauffe ce qu'il peut, le malheur aussi, qui te fait une ambiance adaptée à l'angoisse.

Je me force à m'asseoir sans remuer. Mes yeux scrutent le mur, la hotte, les conduits sales, à pas savoir où s'accrocher. De l'autre bout du couloir d'entrée, le placard où Florian fait pousser sa beuh à la lampe forme un halo inquiétant, comme un souffle immobile, vert pâle.

Je fais un break, vais chercher les enfants. Je joue avec eux, je les lave, j'attends que Josiane arrive, elle se presse pas la con, elle devrait déjà être là, elle a dû faire une course, alors qu'elle avait juré qu'elle rentrerait direct.

Je couche les enfants, Josiane débarque enfin, je ferme la porte de la chambre, la retrouve dans la cuisine. Regarde ça, je lui dis en lui montrant le tas. Et elle : Qu'est-ce que c'est ? Et moi : Je crois que c'est ma vie.

II

1

Je viens d'avoir quarante ans et l'autre jour sur Le Bon Coin j'ai repéré un catamaran. Je suis allée le voir et j'ai parlé au proprio. Il faut juste que je me décide : il m'attend port Saint-Louis. Depuis toute petite que je veux vivre sur l'eau, pour être au plus près d'eux.

L'histoire de mon premier dauphin j'étais trop jeune pour me souvenir, c'est mon vrai père qui m'a raconté. Pendant un de ses temps de visite, quand je vivais au foyer de Serris. À l'époque je voulais pas le voir, il me faisait honte devant les copines avec son look de clochard. Et encore aujourd'hui, je sais pas trop ce qu'il devient. Il dit qu'il a arrêté de boire.

Le jour de mes trois ans, mon frère Jérémie pas encore né, on part visiter le Mont-Saint-Michel, sans ma mère, mais avec la mère de mon père et une tante handicapée. Là-bas il y a une grande jetée, et je sais pas ce qu'il fait, comment il se débrouille, il doit être bourré, au final il m'oublie, et moi j'ai encore aucune peur, je veux jouer, je suis dans l'eau jusqu'aux épaules. Attroupement de gens, d'appareils photo. Mais pas pour moi, pour celui qui se baigne avec moi : un dauphin ambassadeur. De cette race solitaire, qui se connecte aux hommes.

Mon père se jette à l'eau quand il voit ça, mais sans oser s'approcher. Moi j'ai l'air apaisée, je souris tout le temps sur les photos. Je le caresse ce vieux dauphin, et il en redemande. Il a fait toute la route pour me parler à l'oreille. Plusieurs fois mon père essaie de me sortir, mais je refuse. On reste encore longtemps comme ça, l'ambassadeur et moi, à se dire qu'on s'aime. Selon sa mère au moins une heure. Et la vieille tante a même juré du double.

2

Maintenant j'habite à la campagne, à trente bornes de Castres. Loin de Paris, mais pas encore assez de mon ex Florian. Il continue son cinéma, à se persuader que je vais revenir comme avant. Je sais plus comment faire, surtout que ma fille vit chez lui maintenant : ils sont de mèche tous les deux.

Le week-end dernier, Véro est passée me voir avec ses deux gamins. Véro c'est une très vieille amie, des foyers de Serris et de Meaux : ma fidèle soldate, qui faisait tout ce que je disais. Quand elle avait débarqué, je l'avais prise sous mon aile, le temps qu'elle pige les règles de survie de base. Ensuite les conneries qu'on a faites, ça allait plutôt loin. On était un clan de meufs pirates. On fuguait, on se mettait grave à risque, mais on était soudées.

Véronique je la lâcherai jamais, c'est le sang, comme une sœur. Maintenant elle a quatre garçons, dont deux en prison, un endroit qu'elle connaît. Ça la déprime cette situation, elle va les voir dès qu'elle peut, mais elle sait pas quoi faire vu qu'ils imitent le père.

Pour nous changer d'idées j'avais organisé une descente en canoë sur l'Aude. On a plongé dans les rapides, avec ses deux autres gosses, celui de quatorze qu'on lui en donnerait six, qui peut tout le temps péter un câble, et le plus jeune de douze, lui trop mignon, qui passe son temps sur TikTok.

On était comme quatre mômes à crier, s'asperger. J'avais tout préparé, le gros tube de crème solaire, les sandwichs bien garnis. À un moment on a perdu une des baskets du grand, dans un remous, coincée entre deux rochers. Alors on a tous pagayé comme des brutes pour remonter le courant, et on a pu la sauver : c'était une belle victoire.

Puis casse-croûte sur une île, les gamins sages comme tout, Véro en revenait pas, juste métamorphosés. Je crois que c'est toi, elle me dit, ta présence, tu les calmes, ils sont jamais comme ça sinon. Peut-être, je lui réponds, mais c'est aussi le moment, cette nature. Regarde cette eau, écoute, on est là d'où on vient, tes gosses ils le ressentent.

Moi j'aime l'eau qui bouge, qui te parle du vivant. Par contre toute celle qui stagne, celle des delphinariums, des piscines, des baignoires, je peux pas.

Jérémie aurait été heureux de la faire cette descente. Je dis *aurait* mais je corrige, c'est pas vrai, il était avec nous. Chaque fois je l'oublie pas, je l'emmène, il nous voit de là-haut, il vit l'action de son nuage, il me fait des signes que personne capte sauf moi, pour dire que ça lui plaît. Quand la lumière traverse les branches, ou transperce un nuage, je sens son petit cœur qui s'accélère de joie. Je le sens contre moi, je le tiens dans mes bras. Son petit cœur cogne puis se détend, se met à ma vitesse, se confond à mon pouls.

Aujourd'hui je suis seule, un lundi ordinaire, il fait doux. Ma vie, je l'avais égarée. Maintenant elle sera dans ce livre. Et chaque nuage me rappelle Jérémie. Je lui raconte des histoires à l'oreille. Je sens son amour pour moi, c'est lui mon ange gardien. J'ouvre un tiroir, je sors un mouchoir, je l'agite dehors pour qu'il le voie au vent.

Je lui fais une tartine, je la mange avec lui. Je refais une tartine, encore une autre peut-être ? Non, ça suffit, maintenant fini la faim. Maintenant on va être bien, on va prendre soin de nous.

Ensuite je l'emmène à la salle de bains, je nous coupe les ongles à ras : je veux qu'ils soient bien propres. Je nous relave les mains.

3

Quarante ans c'est le moment parfait pour tout remettre à plat. Quarante la moitié, et toute une vie devant moi, à repartir de zéro.

Avant ce livre j'avais fait l'émission *C'est mon choix*, mais j'étais pas encore prête, c'était juste une vengeance contre ma mère, avec en plus des gens qui te respectent pas. La présentatrice elle s'en fout au fond de qui t'es, je l'ai même pas vue avant le direct. Par contre avec l'équipe c'était beaucoup de préparatifs. Ils m'appelaient une heure, deux heures, pour faire des entretiens. Ils étaient à l'écoute.

C'est le moment du plateau en lui-même que j'ai pas apprécié. Elle : oh ma pauvre Jessica, qui répète qu'elle admire mon courage. Toute cette salive en sauce, pour à la fin se sentir ravalée.

4

Qui je suis je commence à comprendre et j'avance avec ça. Je dois me consolider : régler mes comptes, tout mettre à plat. Pour pas que le passé me rattrape dans le hall, valises prêtes. Qu'on me dise que le billet d'avion est périmé, qu'il était bon il y a trente ans, si t'avais su avoir une autre vie.

Quand j'ai revu la cassette VHS du JT de TF1, après j'avais les mots des journalistes en tête : *On vous passe les détails, par pudeur, par décence.* Comme si mon cas était à ce point qu'on peut même pas en parler au 20 heures.

Si la honte te tue pas, tu te la traînes ensuite. Et moi je veux surtout pas rentrer dans la pitié des gens, être la pauvre miskina.

D'abord je me suis cachée. Mais ensuite j'ai compris que c'est pas ça la solution, qu'au contraire il faut dire. Justement pour pas être la victime qui se la ferme, *par pudeur, par décence*, qui fait encore sa gentille.

Aujourd'hui je peux m'exprimer, aussi parce que les enfants sont grands, qu'ils peuvent comprendre. Mon aîné, David, lui je le considère sauvé : vingt et un ans déjà marié, propriétaire de son appart, gérant d'un KFC à Narbonne, et en attente d'un garçon avec sa femme Lina, qui est super.

Jade, c'est plus compliqué. Elle travaille dans un centre pour handicapés, vient d'avoir un garçon et de s'installer en couple. Mais son plus gros problème, c'est qu'elle est fusionnelle avec son taré de père. D'ailleurs son mec CRS lui ressemble bizarrement, avec la même coupe de skin et l'amour de la fume H24.

J'ai peur qu'elle reproduise, qu'elle fasse les mêmes erreurs que moi avec son père, avec qui j'ai divorcé depuis six ans maintenant, mais qui continue de me harceler, qui est violent depuis le début et encore aujourd'hui. Mais je sais pas comment l'aider. Il y a un an je lui ai présenté Samantha, qui travaille dans les soins énergétiques, lui fait des nettoyages. Jade adore ces moments, je crois qu'elles parlent bien, j'espère que ça la fait cogiter. Après je peux pas tout, il faut que j'accepte les erreurs d'éducation que j'ai faites. Il y a des choses pas rattrapables, mais ce livre il est aussi pour elle. Elle a vu la violence de son père, elle peut plus faire comme si. Et elle a vu aussi que je me laisserai plus faire. Maintenant je sais ce que je veux. Je sais surtout que j'en ai la force, car je connais mes pouvoirs.

Toutes ces années, quand j'étais seule, j'ai pris le temps de me connecter aux esprits, à la nature, aux arbres. Sentir un arbre, il y a rien de plus puissant. On devrait tous pouvoir aimer des plantes, les embrasser comme des sœurs. La nature elle nous parle, elle est partout en nous, il faut juste l'accepter, comprendre qu'on en fait partie, qu'on le veuille ou non. Qu'on a la carte de membre, même si le week-end tu la pourris avec tes sachets de chips. Elle est toujours ouverte, c'est le seul club qui exclut personne, même quand tu es nuisible. J'aime ça chez elle. Sans le lombric on pèse rien. La nature c'est toi, je lui dis à ma fille, alors respecte-la. T'es née de son ventre, tu es la chair de sa chair. Même si t'es pas d'accord, que tu veux rien capter, c'est elle qui te gouverne.

5

Quarante ans, je me dis que c'était la pire moitié. Il me reste que le bonheur, j'ai plus le choix maintenant. Vieillir, j'adore l'idée. Vieillir pour se débarrasser, balancer son rimmel, exister sans miroirs, le visage bien fier.

Parfois je cuisine des lasagnes, juste pour moi : personne doit venir. Bien sûr j'en donne à ma fille si elle passe. Mais Jade passe pas souvent, elle est tout le temps fâchée, elle veut rien voir en face. Depuis qu'elle s'est mise du côté de son père, et qu'elle croit tout ce qu'il dit, elle peut pas tout comprendre.

Aujourd'hui j'ai décidé de pas travailler, je vais prendre ma journée, parce que c'est ça vieillir : pas faire n'importe quoi, méditer, être une sorcière stable. Avec mon boulot de commerciale, je choisis mes horaires. Je démarche à domicile, pour une boîte de pose de stores enrouleurs dans les maisons individuelles. Ça me plaît beaucoup, mais le problème c'est mon ex, Florian, qui bosse à deux pas d'ici, que j'arrête pas de croiser.

Il faudrait que je quitte pour de bon ce boulot, pour m'éloigner de lui. Mais économiquement je peux pas encore me le permettre, en plus je lui dois de l'argent, ma position est fragile. Je prends la voiture, je vois les clients, j'explique, je les écoute, je prends les premières mesures, j'aime ça, et les gens m'apprécient. Mais Florian est toujours pas loin, et ça c'est plus possible. Le plan ce serait de faire ce taf la moitié de l'année, dans une autre région, et l'autre moitié vivre en Grèce, avec les dauphins.

En attendant j'ai ma petite vie paisible, il faut voir : tout à fait ordinaire. Les grandes sorties, quand Véro peut, on va se manger un burger à l'Hexagone, le centre commercial à côté. Toujours à Pizza Del Arte. J'aime bien cette chaîne, au moins t'es sûr que c'est de qualité. Elle prend une bière moi un jus de fruits. L'alcool j'ai jamais pu, merci papa maman. Mais je respecte, pour les amis j'ai toujours des despés au frigo.

Des fois on y va un peu tôt, le temps de faire les boutiques. Avant je mettais que du noir et blanc, maintenant je m'habille qu'en couleurs. J'aime les rouges, les verts. Rien me fait peur. Même du violet ou des robes longues épaisses que j'aurais jamais osées avant.

Véro dit que j'ai un look de Chinoise, avec mes pommettes saillantes et mes petits yeux bridés. Mais bleus bridés là-bas en Chine ça doit quand même être rare. Et en même temps, elle me dit : Des fois avec tes taches de rousseur, on dirait une Irlandaise. Oui c'est ça : une Chinoise irlandaise.

Mon seul problème c'est la clope, j'arrive pas à stopper, et avec ce que ça coûte, c'est juste plus raisonnable.

Pour compenser je me balade dans les vignes, je promène le chien de Muriel, la voisine, qui est toujours enfermé.

Je faisais beaucoup de gym petite, j'ai ce physique de trapue, pleine d'énergie qui bouillonne. Montée comme un char d'assaut, dit Florian, pas pour me faire plaisir. Mais il y a du vrai.

Une fois j'ai essayé la permanente. Mais en fait non, on m'a tout de suite découragée : Garde tes cheveux lisses bien plaqués en arrière. Que les taches de rousseur prennent un max de lumière. T'es dans le Sud, fini le quartier, le 77, au moins en profiter. La mode cachet d'aspirine de cité, j'ai donné, je veux plus revivre ça. Maintenant je suis rangée. Ici c'est la campagne, loin de Paris. Ici on est au bout du grand ghetto de France, à la limite de l'extrême couronne.

À seize ans, je parlais comme une caillera. L'accent je l'ai perdu en entrant dans la vie active. Peut-être aussi parce que j'ai jamais écouté trop de rap par moi-même. J'étais bien plus chanson française : Renaud, Florent Pagny.

Avec Véro des fois on va à un karaoké sur la route de Tarbes. Sinon en vrai on reste souvent chez nous. On se le fait à deux sur YouTube devant l'écran plasma. Avec les bonnes enceintes, c'est souvent encore mieux. Au moins tu chantes quand tu veux, t'as pas le stress des autres.

La campagne, c'est pareil qu'en banlieue, tu prends tout le temps la voiture. Mais moi j'adore ça conduire, je suis bien au volant : je me mets ma musique et je voyage. C'est la sensation de prendre la route que j'aime, caler un vieux CD, me faire l'album entier avant de voir le client. T'arrives et tu vis encore dans la poésie de l'artiste, tu vois pas le monde pareil. Tu fais ta vente bien sûr, mais les gens sentent les ondes positives.

6

Des fois je me trouve belle, des fois moche. Je saurais pas dire si je suis belle. Mais je plais. Des fois je grossis, ensuite je fais un gros effort pour redevenir fraîche. Ça oscille. J'aime lutter pour m'améliorer. Plutôt que penser que je me laisse aller, je me dis que je grossis exprès pour le plaisir après de me remettre à niveau. Véro me dit que c'est pervers-maso, que je me fais du mal. Mais pendant la reconquête, je vois bien comme je me traite, les maquillages, les crèmes. Et surtout comme je me regarde, comme je m'aime. C'est comment on se regarde qui change la vie. Et dans quel sens tu vises. Si t'as peur ça se sent, ils profitent. Si t'es sûre de toi, sûre de plaire, les hommes sont attentifs.

Des fois le ciel se lève et je suis apaisée : il y a plus rien qui compte. Des fois il meurt, le soir, renversé, gorgé de l'eau d'orage, ce gris-noir violacé qui me bouleverse.

L'autre jour je regarde le sillage tracé dans le gravier par un pied de chaise de jardin. Ce sillage et le ciel, j'ai pas pu m'empêcher de chialer, j'avoue je sais même pas pourquoi, c'était nerveux et ça m'a fait du bien. Je crois que j'étais juste émue, connectée, ce sillage c'était comme un signal, une direction qui débloque les larmes.

Des fois je touche une photo sans la voir, qu'on m'a posée sur la table. Je veux pas savoir qui c'est. Je me mets à frissonner, à vibrer même au point de plus me contrôler. J'accède de plus en plus facilement au surnaturel, il vit en moi, au bord de moi. Je sens si les âmes des photos sont chez moi au moment où je les touche. Avant je me mettais à risque, maintenant je gère mieux.

Des fois je me réveille et je vois que de l'eau bleue, limpide, ce futur bleu à venir, avec mes amours. Je vois le catamaran accroché au ponton, dans une lagune type Maldives. Il y a plus une trace de cambouis, plus un tag, plus une verrue pour gâcher le paysage : ça c'est demain, tellement près.

J'ai quarante ans et je suis amoureuse. Pas d'un homme : de la vie. Je l'aime plus que tout. Plus même que mes enfants. Je suis peut-être pas tout à fait ce qu'elle avait prévu, à cause des sales rencontres que le destin avait piégées, mais je suis pas non plus si différente au fond : j'ai encore la santé et toute ma volonté.

Dans ce livre je veux tout dire. Jusqu'au mail récent de monsieur Chauzain, mon père adoptif, qui me fait encore mal. J'ai tenu quand même à en parler à la fin : me faire aucun cadeau. On arrange bien un peu, mais j'ai fait ce que j'ai pu, avec mes mots, mes limites. Pour que les gens comprennent, et surtout pas rester seule. Parce qu'on est huit milliards et qu'il faut s'entraider. Après ça si je disparais, au moins j'aurai fait trace.

III

1

Mon histoire commence à trois ans. Mes souvenirs sont de papier, en moi c'est effacé.

Selon le dossier on habite Paris ma mère et moi, avec un certain Alexandre Martin, mon vrai père. Le mieux c'est de vous faire lire le PV, on peut même l'imaginer comme ça, en train de faire sa déposition, avec le flic de l'autre côté du bureau qui tape à la machine :

J'ai connu Sylvie Martin chez des amis en 1980, dans le 19e arrondissement de Paris. À peine six mois après, alors que nous vivions ensemble, nous nous sommes mariés à la mairie du 10e.

Quand je l'ai connue, elle ne travaillait pas. Quant à moi, j'étais ajusteur en mécanique automobile. Puis le loyer étant élevé et le logement petit, nous sommes partis habiter à Bobigny. Très rapidement, mon épouse a trouvé du travail, puis notre fille Jessica est née le 12 octobre 80.

J'ai perdu mon travail peu après sa naissance. J'ai été au chômage pendant un an avant de trouver une place de gardien de parc. Quand notre fils Jérémie est né le 7 août 83, nous étions séparés.

J'estime que j'ai une grande part de responsabilité dans cette séparation car je m'étais mis à fréquenter les copains et les cafés, je rentrais tard à la maison. Il m'arrivait aussi dans des moments d'énervement de gifler mon épouse ; si bien qu'un soir, je suis rentré et elle n'était plus là.

Mon épouse était quelqu'un de bien, propre et travailleuse. Cependant elle était nerveuse et elle aimait beaucoup sortir dans les bals. Elle aimait bien notre fille Jessica, comme une mère peut aimer son enfant. Mon fils, je ne l'ai vu qu'une seule fois.

Quand je dis que mon histoire commence à trois ans, c'est qu'avant mes trois ans j'étais seule et sans rôle. Puis quand mon frère est né, je suis devenue maman.

Je n'ai jamais été grande sœur, c'est ça qui m'a sauvée. Même Ashley ensuite, j'en ai pris soin comme si c'était ma fille.

2

Ma mère Sylvie accouche de Jérémie chez nous, pas à l'hôpital. J'ai retrouvé aucune photo de sa naissance, tellement il était pas désiré. Sylvie venait de se séparer, elle m'a fait devenir mère par la force des choses : juste en le délaissant.

Il était difficile, pleurait tout le temps. Mais moi j'étais contente de plus être seule. Je me souviens très bien des changements de couches, de lui donner le bain. Tout ça c'est inventé, bien sûr, des souvenirs recréés, mais qui m'habitent vraiment.

Très vite, comme ma mère supporte pas d'être livrée à elle-même, elle rencontre un certain Alain. Ça aurait pu être n'importe qui je crois, mais celui-là est quand même un spécimen, et pour nous une autre vie commence. Alain ne nous aime pas : on est pas ses enfants. Il a un fils, Pierre, on est des pièces rapportées.

Dans une audition du 22 janvier 1985, la directrice de la crèche à Aubervilliers raconte que *depuis le début du mois d'octobre 1984 Mme Martin nous confie régulièrement son fils Jérémie. Au début, je n'ai rien remarqué d'anormal si ce n'est qu'alors que Mme Martin travaillait à mi-temps, elle nous laissait son fils toute la journée. Au cours de la semaine précédant Noël, Jérémie présentait un énorme hématome à la joue et de nombreux hématomes sur les jambes. Mme Martin a prétendu à l'époque que Jérémie était tombé et qu'il se battait avec sa sœur. Je précise que Jérémie était alors âgé de 17 mois.*

Après une semaine d'absence, Jérémie est revenu le 21 janvier 1985. Il avait les deux yeux au beurre noir et Mme Martin nous a expliqué à nouveau qu'il s'était battu avec sa sœur. Je lui ai fait comprendre que je n'y croyais pas trop et que je ne voulais pas revoir Jérémie dans cet état. Mme Martin n'a pas ramené son fils depuis ce jour.

Dès le départ c'est assez grave pour que la justice s'en mêle. L'inspecteur de la police des mineurs fait un rapport le 23 janvier 1985 au parquet de Bobigny : *Coups et blessures volontaires sur mineurs de 4 ans et demi et de 1 an et demi.* Pour le titre, en grosses lettres, il y a écrit : *Victimes : Jessica et Jérémie Martin.*

*Le 25 janvier 1985, sur appel téléphonique de Mme R***, médecin-pédiatre à Aubervilliers, je me suis transporté au domicile de la famille Martin, 44, allée Raymond-Picherand à Aubervilliers, où des enfants étaient susceptibles d'être maltraités, Mme R*** ayant constaté, quelques heures auparavant, que Jérémie Martin, âgé de 1 an et demi, présentait des hématomes au visage.*

Accueilli par Mme Sylvie Martin, j'ai constaté que ses deux enfants, Jessica et Jérémie, avaient le visage marqué d'ecchymoses. Mme Sylvie Martin nous ayant déclaré que l'aînée, âgée de 4 ans, avait frappé son jeune frère, nous l'avons invitée à nous accompagner avec ses enfants à notre service pour y être entendue.

Quand je lis ça, pour moi c'est un soulagement. J'avais peur qu'il y en ait que pour Jérémie : d'avoir moins subi, d'avoir été épargnée. Mais non, les faits sont noir sur blanc.

3

Ma mère n'a pas d'odeur. Elle a un gros parfum qui couvre son absence d'émotion. Un bouquet de fausses fleurs, pour déguiser son vide. Des fois je sens des gens dans la rue qui ont cette même aura : je tousse et je change de trottoir.

Ma mère aime les ongles propres : elle vérifie les ongles, les mains, la peau à la recherche de défauts. Elle espère des boutons, des verrues, qui révèlent ce qu'elle croit. Moi, comme je veux lui faire plaisir, je suis un champ de bataille.

Lave-toi les mains ! elle nous gueule. C'est une bonne mère au niveau des ongles, peut-être jusqu'aux mains. Il faut pas remonter plus haut, jusqu'aux gnons sur les bras.

Plus tard quand je disais à mes enfants de se laver les mains, je pensais à elle, à cette vieille voix du fond d'elle qui nous gueulait des ordres. Chaque fois je m'en voulais de reproduire, comme si je leur infligeais une punition injuste, qui venait de très loin, comme une malédiction.

Dans mon carnet de santé, sur la première page, il y a

écrit : *Trou au front, cicatrice au pied, cicatrice au niveau du pubis.* Ce serait lié à un accident, un jour où mon père naturel a pris la voiture bourré pour nous emmener chez sa mère en Bretagne. Toujours sur la même page, j'ai quatre ans, on peut lire : *Gros ventre, ne parle pas du tout, problèmes d'alopécie.*

Petite j'ai juste un gros nounours, et une vieille Barbie. Avec une ampoule, je lui crame les cheveux, je la tiens comme une torche. C'est parce que je l'aime bien, pour qu'elle devienne comme moi.

Lors de l'audition du 22 janvier 1985, Sylvie ma mère explique que *le comportement de M. Martin* (mon vrai père) *a fortement perturbé Jessica. Je l'ai fait visiter par un médecin de la PMI du parc à Aubervilliers, car elle perdait ses cheveux. Le médecin m'a expliqué que c'était nerveux et que ça s'arrêterait dès qu'elle aurait une vie plus stable.*

Je précise que lorsque mon mari m'a mise à la porte de la maison, j'ai trouvé refuge chez des amis et des membres de la famille.

J'ai fini par m'installer chez mon père, et effectivement Jessica était moins perturbée, mais malheureusement mon père est tombé malade et il est décédé, ce qui a à nouveau perturbé ma fille.

Au mois d'octobre 1984, j'ai obtenu un appartement de type F3 au 44, allée Raymond-Picherand à Aubervilliers, et Jessica semble à nouveau reprendre le dessus.

Juste avant d'obtenir cet appartement, j'ai fait la connaissance de M. Alain Pons chez des amis, nous nous sommes vus plusieurs fois et finalement nous avons décidé de nous mettre en ménage.

Auprès de M. Alain Pons, j'ai trouvé la gentillesse et la stabilité, au contraire de tout ce que j'avais enduré avec mon mari. Il est très proche de mes enfants, et ceux-ci le lui rendent bien (je pense qu'elle dit ça à l'agent en toute sincérité). *Jessica par exemple n'accepte pratiquement plus mon autorité depuis qu'il se charge de l'élever.*

4

Depuis que je vis avec Mme Martin, explique mon beau-père Alain dans la même audition, *j'ai décidé de prendre en charge l'éducation de ses enfants, Jessica et Jérémie. Il s'agit d'enfants plutôt dissipés bien qu'ils soient foncièrement gentils, qu'ils aient le cœur sur la main et que je puisse en faire ce que je veux. Avec eux, j'emploie la méthode récompense-correction. S'ils sont gentils, et même parfois s'ils ne le sont pas, je leur fais de petits cadeaux, principalement des bonbons. Par contre, s'ils se dissipent, je les corrige. Avec Jessica, comme avec Jérémie, j'use dans ce cas de fessées et de gifles. Parfois, je fais également agenouiller Jessica sur un morceau de manche à balai, avec les mains sur la tête ou les bras levés. Elle ne doit pas rester dans cette position plus d'une heure.*

Les hématomes que les enfants présentent au visage proviennent de gifles que je leur ai infligées. Je ne pourrais vous dire quand cela s'est produit, car comme les enfants se montrent assez durs, je suis obligé d'intervenir à peu près tous les deux jours. Les hématomes que Jessica présente dans la région lombaire proviennent d'une fessée que je lui ai mise. Quant à celui qu'elle a au genou, il doit provenir de son agenouillement sur le balai.

Quant aux marques sur le visage de Jérémie, elles proviennent également d'une correction que je lui ai donnée, c'est-à-dire une gifle.

Mme Martin frappe également ses enfants, mais moins fort que moi. Elle m'a confié leur éducation et a voulu que j'assume le rôle de père.

J'aime ces enfants mais je pense que mon système d'éducation est le bon.

Bien sûr, en ce moment je suis énervé car mon père a été victime de plusieurs crises cardiaques et je suis en instance de divorce. Je sais que les enfants n'en sont pas responsables mais c'est plus fort que moi.

Quand j'imagine l'audition au commissariat, parfois je les vois menottés chacun à un pied de table, parfois les mains libres, mais toujours assis l'un à côté de l'autre, se faisant des petits signes de connivence, avec le flic derrière sa machine à écrire qui se galère avec l'orthographe, met du Tipp-Ex pour corriger, les doigts sales d'encre.

Actuellement, continue Sylvie ma mère, *M. Pons et moi-même sommes effectivement un peu sur les nerfs, lui car il est en instance de divorce et ça lui crée des soucis, de plus son père est malade, et moi harcelée sans cesse par ma famille à la suite du décès de mon père, qui se décharge sur moi des formalités concernant l'héritage.*

En ce qui concerne les traces que Jessica porte à hauteur des reins, elles proviennent des fessées administrées par

M. Pons à tel point que plusieurs fois j'ai été obligée de m'interposer et je suis toujours parvenue à le faire revenir à la raison.

La trace qu'elle porte sur le visage provient d'une gifle que je lui ai donnée et qui l'a griffée accidentellement.

En effet les corrections sont assez régulières. Je sais que pour punir Jessica, M. Pons l'a fait agenouiller sur un manche à balai, ceci dans le but de la faire arrêter d'uriner dans son lit la nuit. Ce châtiment semble avoir porté ses fruits, puisque Jessica n'urine plus la nuit dans son lit. Je ne me suis jamais opposée à cette punition.

J'ai quand même fini par réaliser que parfois M. Pons était trop violent et je lui ai fait comprendre qu'il s'agissait d'enfants très jeunes et que leur comportement n'était pas anormal par rapport aux autres, même si parfois ils sont difficiles.

Je lui ai également expliqué que, les enfants étant suivis à la crèche, un jour on finirait par nous demander des explications et que nous risquerions des ennuis.

Le comportement de M. Pons n'est pas pareil lorsque son fils est à la maison, d'ailleurs cela semble le rendre plus calme. Jessica est contente de la présence de Pierre, le fils de M. Pons, car elle a plus de liberté.

Je pense que le comportement de M. Pons vient également du fait que lui-même a été élevé à la dure, du moins c'est ce qu'il me dit.

Depuis que nous avons eu une explication, M. Pons s'est un peu calmé, et depuis une semaine tout semble rentré dans l'ordre.

M. Pons ne s'adonne pas du tout à la boisson et je ne l'ai jamais vu même un peu éméché.

5

Petite je joue tout le temps avec mes doigts, à les trifouiller, et encore aujourd'hui. Je les croise, les recroise, Jérémie prend mes doigts collés les uns aux autres, essaie de les défaire. Je tiens bon, puis je lâche : Jérémie est content. Mes mains disparaissent, Jérémie dit : Non ! non ! Essica ! Il attend, impatient, ce qui va arriver : mes mains réapparaissent, en nœuds de doigts croisés. Essica, pas bien ! il me gronde pour rire. Le jeu continue. Tant qu'on est pas dérangés par un ordre ou un coup, on joue avec mes doigts.

On a du temps à tuer. Ma mère nous fait garder le plus qu'elle peut, sauf les vacances, vu que le centre aéré coûte trop cher. Elle nous emmène au parc : une fois on va au parc Georges-Valbon, ma mère est fatiguée, elle se plaint, mais Jérémie est content, il aime la forêt, il comprend que les arbres sont beaux. Alors qu'elle, avec ses yeux tranchants, ses yeux de tronçonneuse…

Sinon on a la butte, dans le jardin pas fini, une motte de terre molle. On se roule dans la terre, on s'en balance partout. Et après : Lave tes mains ! Une gifle, puis deux, puis la pluie.

Jérémie dès tout petit adore jouer avec les appareils électroniques, les chaînes hi-fi, les télés. Il appuie sur les boutons, il tape dessus, il casse tout mais il est bricoleur. Il démonte, il remonte ses jouets. Essica ! Voir !

Il me prend par la main. À l'école on est tout le temps ensemble. Les siestes il fait des cauchemars, les nuits aussi.

Avec moi il est affectueux. Il me tape, il me dit : T'aime. Un jour je vais aux toilettes, il me fait un croche-patte, je me gamelle, il me voit pleurer, alors il pleure aussi. Il s'allonge par terre, veut pas que je le laisse seul : Essi, bobo ! Et il crie dans ses pleurs.

Jérémie est retardé. Soleil, il dit : oleil. Il dit : caca, beaucoup, jamais des phrases construites. Mal. Aïe. Bobo. Il pleure, il hurle. C'est un cri spécial qu'il pousse à l'extrême, comme un cri d'animal déformé de terreur.

J'essaie de voir à travers la serrure. Mais sa porte est fermée. Je veux le récupérer, nous enfuir, abandonner ma petite sœur Ashley, qu'on l'enferme à notre place. Je la déteste, elle qui a toute l'attention, nous les coups. Alain l'adore, c'est sa princesse. Ma mère ne la frappe jamais.

Quand après le drame on se retrouvera toutes les deux sans personne, je changerai ma vision d'elle, elle deviendra ma petite sœur, mon bébé : elle a plus que moi pour s'occuper d'elle. Et chaque jour j'aurai cette angoisse qu'elle respire plus. Ma haine aura disparu, restera juste cette peur de la perdre, de devenir moi aussi seule au monde.

6

En 1985, ma mère et mon beau-père sont condamnés pour coups et blessures. J'ai cinq ans, Jérémie deux, Ashley ne naîtra que l'année suivante, et on est placés à l'hôpital, puis au foyer de l'enfance de Villepinte, puis en famille d'accueil, chez les Mahzoug, des gens très bien selon le dossier. En 2002, je suis retournée les voir, ils m'ont donné des photos de nous, la première chose qu'ils m'ont dite, c'est que j'étais comme une maman avec Jérémie. Ça m'a fait chaud au cœur.

Quand au bout de quelques mois, Sylvie ma mère et Alain mon beau-père reprennent leur droit de visite, madame Mahzoug me dit qu'ils étaient contre. Les regards que me lançait Alain, Jérémie qui se faisait pipi dessus dès qu'il le voyait. Dans un courrier daté du 14 juin 1985, le docteur R*** écrit : *J'ai été alerté par les propos de Mme Mahzoug concernant les relations entre Jessica et l'ami de sa mère. L'assistante maternelle a été choquée par des attitudes et des paroles qui lui semblent malsaines : elle trouve que M. Pons regarde Jessica d'une façon qui n'est pas celle d'un père envers sa fille. D'autre part* *celui-ci se permet des plaisanteries très douteuses : « j'ai vu ta culotte », etc., à tel point que Mme Mahzoug habille Jessica en pantalon quand les parents viennent. De plus M. Pons lors des visites passe son temps à chuchoter à l'oreille de Jessica.*

Mais les gens de la DDASS sont toujours pour le rapprochement des familles. Comme ce sont des adultes, c'est plus facile pour eux de se mettre à la place des parents. Dans un des documents des services sociaux, on peut lire qu'*il semble que Mme Martin et M. Pons aient besoin de manifestations d'amour de leurs enfants et souffrent de sentir ceux-ci profiter d'un foyer chaleureux alors qu'eux restent dans l'isolement. Ils craignent que les enfants se satisfassent du placement et qu'eux perdent cette affection à laquelle ils aspirent par-dessus tout.*

Ils demandent à participer au maximum à la vie de leurs enfants et ont à ce propos demandé à s'occuper de leur vêture. Dès septembre, nous pensons leur remettre cette responsabilité. Ils réclament aussi à être tenus au courant de tout ce qui concerne la scolarité de Jessica.

Mme Martin nous paraît beaucoup plus en forme qu'il y a quelques mois. Une évolution favorable de la situation nous paraît possible mais nous percevons également la fragilité de la personnalité de Mme Martin et de M. Pons.

7

Un jour de parloir je sais plus quoi lui dire, elle me harcèle de détails sur David qui vient de naître, elle attend que de le voir, elle répète que David c'est un joli prénom, alors je lui demande pourquoi elle m'a appelée Jessica.

Elle m'explique qu'il y avait une cliente très chic, quand elle travaillait à la caisse d'un supermarché, qui venait souvent avec une gamine blonde aux yeux bleus qui s'appelait Jessica. Mon père était pas convaincu. Lui aimait la chanson *Gaby* de Bashung, il voulait m'appeler comme ça, il trouvait l'idée originale, mais le problème : ma mère aimait pas Bashung. Il a essayé d'insister, en expliquant que ce serait aussi celle de Johnny, comme ma mère aimait bien les yé-yé. Mais pour elle ça sonnait vieux, un prénom de mémé.

Ensuite elle a bifurqué vers Stéphanie, comme Stéphanie de Monaco, la chanteuse-princesse. Elle devait me voir un destin idéal. Et puis un jour qu'elle était fatiguée de réfléchir à la question, elle est revenue à Jessica, et je suis née très vite après, elle a pas eu le temps de changer d'idée.

Donc c'est ça mon prénom : un gros coup de fatigue. Mais quand même je me dis aujourd'hui que j'ai évité Gabrielle, une des chansons fétiches d'Alain. Est-ce que ça aurait changé quelque chose pour lui entre nous ? Est-ce qu'il m'aurait vue autrement ? Est-ce qu'il me l'aurait mise exprès pour se chauffer ? *Dix ans de chaînes sans voir le jour*, pour lui c'était encore pas assez. Lui ce *forçat de l'amour*, qui nous cognait dessus comme sur des cailloux. *Mourir d'amour enchaîné*, c'était son objectif de vie.

Sinon pour Jérémie, quand j'ai posé la question, elle savait plus du tout. Elle m'a vaguement expliqué qu'elle avait pensé l'appeler aussi Nicolas à cause de la chanson de Sylvie Vartan, qui venait de sortir à l'époque. Cette chanson mielleuse avec ses paroles tristes : un prénom de *chagrin* et de *larmes*. Elle a bien fait de se retenir, pas la peine d'en rajouter.

Ado je voulais m'appeler Manuela, ou Bénédicte, à cause d'*Hélène et les garçons*. Je voulais pas Hélène, je voulais pas être cheffe. Mais bon tu choisis pas ton prénom, même quand tes parents sont tout au fond du trou. Tu peux pas dire : c'était des bons à rien, je voudrais m'appeler Manuela. Ça marche pas comme ça. Ils te condamnent toi aussi, et comme eux, à perpétuité.

IV

1

Pour moi encore aujourd'hui, Alain, c'est Johnny. Il était tellement accro qu'il connaissait toutes les chansons par cœur, qui lui servaient de ligne de vie. Son top trois c'était *Mirador*, *Les Portes du pénitencier* et *Cadillac*.

Dans *Mirador*, Johnny décrit le monde magique de la prison quand il fait nuit derrière les barreaux, dans le quartier *des tueurs, des voleurs de cachous / Des flambeurs, des tatoués des loulous* qui le fascinait. Tout petit déjà Alain il devait rêver d'en faire partie je pense, vu que lui aussi avait pas eu droit à une *école pour apprendre à aimer*. C'était jamais de sa faute à Alain, tout ce qui lui arrivait. De toute façon je crois pas qu'il comprenait tout, ce qu'il aimait c'était surtout beugler le refrain : *La liberté / Faut la payer / Et on enterre nos corps / Sous le mirador.*

Cadillac, elle, c'était son inconscient. Johnny raconte l'histoire d'un petit gars de Toulouse qui refuse de se soumettre. Un type solitaire qui veut plus courber l'échine ou saluer les puissants, qui veut être remarqué, aller aux Amériques, inventer des lois, créer sa ville,

Détroit, et en devenir le roi : *Cadillac / Il était comme ça / Cadillac, si on t'aime pas, tu t'en vas.* Quand il la mettait je me souviens il entrait comme en transe : il faisait un transfert.

Sinon *Les Portes du pénitencier,* je crois qu'il y a rien à ajouter. Tout est déjà dans le titre.

2

Les experts décrivent Alain comme *mesurant 1 m 65 pour 70 kg, aux cheveux roux, au visage rond orné d'une moustache. Il porte de nombreux tatouages grossiers sur les deux bras. « À ma mère » sur l'avant-bras gauche, un cœur aux initiales de sa femme sur le bras gauche, une croix avec ses initiales sur le bras droit.*

On est le 27 septembre 90, et Alain est *traité par Equanil 400 mg, vitamine B et Lysanxia 10 mg (anxiolytique et sédatif). Sa tension artérielle est normale à 13/8. La denture est dans un état médiocre et peu soignée. Il ne porte pas de lunettes et déclare avoir une bonne vue. On ne retrouve pas d'ictère conjonctival, ni cutané. Il n'y a pas de trémulation. L'abdomen est légèrement adipeux (graisseux), le foie n'a pas augmenté de volume, la rate n'est pas perçue. L'examen des membres inférieurs ne retrouve pas de signes de polynévrite.*

Un petit rouquin sans envergure, déguisé en Johnny, avec la collec de tee-shirts. Et il a pas changé, il est resté fidèle, même si maintenant Ashley m'a dit qu'il vit avec un homme.

Ce qu'il sait pas, c'est que jamais il arrivera même à l'orteil de Johnny : sa Harley est une vieille mobylette pourrie, et sa liberté, il la passait à taper sur des gosses. Je pense pas que Johnny serait fier de lui. Par contre il le prendrait sûrement en pitié et lui paierait un verre s'il le croisait à un comptoir. Depuis des millénaires qu'on excuse tous les paumés sur terre, pourvu que ce soit des mecs.

Peut-être qu'un jour Alain, quand il aura enfin fini de vivre sa vie de misère, se retrouvera aux mêmes bistrots que Johnny, dans ce petit coin d'enfer pour les rockers français, avec tous les anciens. Je lui souhaite. Mais ça m'étonnerait. Son âme arrivera pas jusque-là. Je la sens plutôt stagner encore un bon moment parmi nous, à pas savoir où se mettre.

3

Quand ils ont peur la nuit, certains enfants se glissent dans le lit de leurs parents pour être protégés. J'avais vu ça à la télé, et j'avais pas compris.

Moi quand je faisais un cauchemar, ma seule technique de repli, c'était de faire le moins de bruit possible, pour pas les réveiller. Le lit c'était l'endroit à éviter, où mes parents se cognaient, où il y avait des cris. J'avais peur de cette chambre.

Quand je lis l'histoire de mon beau-père Alain, je comprends que lui aussi a eu une expérience assez éloignée de la pub Ricoré en mode famille unie :

Le père d'Alain, Marcel Pons, né le 11 juillet 1926, originaire de Picardie, issu d'une famille comprenant « pas mal d'enfants », a été « élevé un peu à la dure ». De sa période de militaire passée en Indochine, il est revenu atteint de paludisme et Alain garde le souvenir impressionnant de plusieurs personnes cherchant à le contenir lorsqu'il était en proie à une crise.

Marcel Pons a débuté sa carrière professionnelle dans le vernissage de meubles, activité abandonnée en raison d'une intolérance aux produits utilisés. Il aurait ensuite travaillé comme soudeur, emploi interrompu suite à un « accident aux reins ». Il s'est reconverti dans le magasinage, demeurant dans ce secteur jusqu'à ce qu'il cesse de travailler, en raison d'une autre opération assez grave.

La mère, née Geneviève Blanc le 6 mai 1931, est issue d'une fratrie de 13 ou 14 enfants. Elle est originaire de Romainville. Sa mère est décédée précocement, et les plus jeunes enfants ont été confiés à l'Assistance publique. Alain Pons souligne que l'année de sa naissance, elle a perdu un frère, oncle dont il porte le prénom. Une de ses filles, Blandine, est décédée quelques jours après sa naissance. Elle aurait présenté une tumeur au cerveau. Cette mort l'a profondément effondrée, et elle aurait voulu se donner la mort dans les suites de cette perte.

Mme Pons a travaillé en usine, puis elle a été nourrice agréée et enfin gardienne d'immeuble.

Je découvre ces gens en lisant le dossier et je sais qu'Alain aurait jamais eu l'idée de nous les présenter, il voyait pas l'intérêt : on était rien pour lui, et puis il était fâché avec sa famille. Son monde c'était son boulot de gardien au cimetière d'Aubervilliers, avec le père Bellot et les autres collègues.

Je suis contente aujourd'hui de les connaître un peu, même si c'est par ce biais : ça rend les choses humaines.

Dans les débuts de leur mariage, les parents logeaient à l'hôtel. Ils étaient encore dans un tel contexte lorsque leur premier enfant, Alain, est né. N'étant pas autorisés à avoir un bébé à l'hôtel, « mon père me cachait, explique Alain. J'étais pas gros, je couchais dans une boîte à chaussures... ».

Après avoir transité par le quartier de La Chapelle, ils sont venus à Aubervilliers, occupant un deux-pièces : une pour les parents, les enfants dans la salle à manger.

Assez tôt Alain nous dit avoir été malade (vraisemblable toxicose) et il a dû être hospitalisé à l'hôpital du Clos-Bernard dans un état critique.

Mme Pons, en raison de son activité de gardienne, a pu obtenir d'utiliser l'ancienne loge de concierge. Ont séjourné dans cette pièce les deux garçons.

Alain se présente lui-même comme ayant été un enfant « dur », craignant les corrections paternelles : « tellement j'en avais peur, je faisais pipi dans ma culotte », et je suis sûre que quand Alain dit ça au juge, il ne fait pas le lien avec nous.

À l'adolescence, les conflits avec son père étaient à la limite de l'affrontement physique.

Alain a été scolarisé dès l'école maternelle. En primaire, il aurait connu des difficultés en calcul. Il pense avoir redoublé plusieurs fois. Il est allé jusqu'en fin d'études, mais il a échoué au CAP boucherie, « à cause des maths », et en pratique « pour une bêtise, un truc mal épluché ».

*En 1973 les établissements GONZAGUE ont embauché le nommé Pons Alain, en qualité de magasinier. « Il a quitté notre entreprise le 16 janvier 1979 de son plein gré, explique M. Gonzague, interrogé par l'adjudant R. L*** le 3 juin 89. Durant son emploi, il a donné entière satisfaction. Toutefois c'était un être violent. À plusieurs reprises nous avons été* *obligés de nous interposer afin que des bagarres n'éclatent pas dans l'établissement.*

C'est en mai 1981 qu'il se lie à Sylvie Baratte, sa première femme. Il a 29 ans, elle en a 18. Elle est alors serveuse dans un café maure et elle se plaint, dit-il, de son patron qui « veut la mettre sur le trottoir ». M. Pons ajoute qu'il s'agissait d'« une fille malheureuse... elle avait fait une fugue de chez elle ». Il va l'héberger et de cette liaison naîtra Pierre le 3 juillet 81. Les intéressés officialisent leur union en se mariant le 6 octobre suivant.

Sa vie sentimentale était pauvre auparavant. Il avoue d'ailleurs dans ce domaine une appétence plutôt limitée. Ses premières relations sexuelles, il les a eues quand il a connu Sylvie Baratte, sa première femme, une Sylvie, comme ma mère et tout à fait perdue comme elle, car c'était ses cibles, celles qui pouvaient s'intéresser à lui, les laissées-pour-compte, en rupture familiale, les mères célibataires.

Le couple ne va pas tenir. « C'est pas que j'étais jaloux de Pierre, c'est comme si j'existais plus », explique Alain. Il lui faut convenir qu'il buvait beaucoup, plus d'un litre de Ricard par jour, sans compter le vin rouge qu'il consomme à table et d'autres petits extras, « parce que je voyais que ça marchait pas », qu'il avait des sautes d'humeur, devenant agressif et violent. Se superposent à cette conflictualité des données qu'il a jusqu'à présent tues : il avait découvert que son épouse avait des relations extraconjugales avec son jeune frère Christian. Sylvie Baratte a de surcroît été aidée et hébergée par sa belle-sœur Sandrine lorsqu'elle a quitté le domicile conjugal le 2 janvier 84, ceci éclairant l'énigmatique brouille ayant opposé M. Pons à l'ensemble de la famille, qui n'a donc rien à voir avec ma mère, comme la mère d'Alain va l'affirmer dans son audition en disant que tout est de la faute de ma mère, qui a envoûté son fils.

Car c'est bien ça la famille : tout le monde se déteste, mais devant le juge on se regroupe et on accable les autres.

4

Récemment sur le net j'ai découvert cette expérience sur une classe de primaire : au début de l'année, un expert en blouse blanche explique à l'instituteur que sa classe va être spéciale, une moitié sera composée de très bons élèves, l'autre moitié de cancres. Mais c'est faux, l'expert découpe la classe au hasard. Pourtant à la fin de l'année, les mauvais sont devenus nuls, et les soi-disant bons sont devenus excellents.

Je me demande si on m'aurait traitée de la même manière si on avait rien su. S'il n'y avait pas ce dossier, et des gens pour le lire. Est-ce que la société fait de toi ce qu'elle veut croire que tu es ? Toi l'enfant de ces gens-là, tu feras bien cassos plus tard, avec ton pedigree. Toi la petite-bourgeoise de Narbonne qui couche avec des rugbymen, tu auras ton petit commerce. Toi la Gitane sans dents, tu feras tes douze gosses dans ta vieille caravane.

Est-ce qu'on est juste sur terre pour confirmer les histoires de ceux qui nous écrivent ? Est-ce que c'est ça notre fonction de moutons ? Pour ceux qui savent, les experts qui décident, elle est où la différence entre tenter de nous comprendre et s'assurer qu'on se conforme au modèle ?

Depuis que je l'ai lu le dossier, en long large et travers, moi aussi j'ai changé je me rends compte, vis-à-vis de moi-même, vis-à-vis des Alain en tout genre. Je suis devenue extérieure. J'ai un expert en moi, qui regarde le monde vivre. Qui accompagne des âmes, qui scanne des fantômes.

Des fois je deviens insensible, anesthésiée, comme quand je vous fais lire des passages. Je mets la blouse et ça va, je suis juste là pour comprendre. Je relis l'histoire de la vie d'Alain, à voix haute, et j'essaie d'écouter ce qu'il a choisi de dire, surtout ce qu'il a choisi de taire, car dans les dépositions le plus dingue c'est le silence :

La première adresse dont je me souvienne est le 35 rue de Noyes. C'était un immeuble. Ma mère en était en quelque sorte la gardienne. J'ai vécu à cette adresse jusqu'à mon service militaire. J'ai été exempté pour des raisons que j'ai toujours ignorées. Je ne souffrais d'aucune maladie.

Ensuite j'ai trouvé un travail en charcuterie, chez M. Rossi, bd Berlioz à Aubervilliers. J'y suis resté environ trois ans. Mon père m'a ensuite fait embaucher dans son entreprise TECHNO DISTRIBUTION à Aubervilliers, comme cariste. J'y suis resté environ quatre ans.

Dans la même branche, j'ai trouvé un emploi mieux rémunéré, chez GONZAGUE, à la limite d'Aubervilliers et de Paris. Puis j'ai été embauché comme magasinier dans la société Comptoir des magasins réunis rue Poissonnière à

Paris, mais l'entreprise a fait faillite. J'ai été au chômage un an, puis embauché par la société AHDOC, une société de magasinage électrique. J'y suis resté quatre ans. C'est à cette époque que j'ai connu ma première femme qui était serveuse dans un café d'Algériens à côté de la rue Garibaldi où je travaillais. Mais elle est partie au bout d'un an car nous avons eu des heurts. J'ai appris qu'elle m'avait trompé.

Je suis resté au 44, allée Raymond-Picherand. En octobre 1984, j'ai connu ma seconde femme qui venait de divorcer. Elle s'appelait Martin Sylvie. Elle avait environ 26 ans. Elle était mère de deux enfants : Jérémie et Jessica. Je l'avais rencontrée grâce à une copine, Jeanne, qui habitait en face de chez moi.

J'ai alors été embauché comme gardien de cimetière à l'ancien cimetière d'Aubervilliers, poste que je conserve toujours. Mon dernier salaire était de 6 300 francs.

Le 28 janvier 1985, j'ai été arrêté par la police du commissariat d'Aubervilliers par la Brigade des mineurs. Les enfants ont été placés ; ma femme a été arrêtée en même temps. Je suis resté en prison un mois, et condamné à six mois d'emprisonnement avec sursis et cinq ans de mise à l'épreuve.

Nous allions dans la famille d'accueil des enfants jusqu'à la date du jugement. Un juge des enfants de Bobigny nous a accordé progressivement le droit de garde.

Dernièrement, nous avons décidé d'acheter une maison à Solcy. Nous avions un prêt progressif sur vingt ans. Les échéances variaient de 4 000 à 7 000 francs.

Peu de temps avant notre déménagement, nous avons

reçu un papier du juge des enfants nous informant que la mesure éducative prenait fin.

Notre fille Ashley est née le 13 avril 1986. Nous nous sommes mariés le 4 juin 1986.

Je n'ai pas d'amis ; je n'ai que des collègues de travail. Dans la tour où nous vivions à Aubervilliers, nous ne rencontrions personne.

5

J'aime bien cette description des experts à propos de mon beau-père :

Sujet à la personnalité aménagée, Alain est fruste, très démuni dans le maniement du langage, et présente un mode de pensée rigide. Au plan verbal, l'efficience est subnormale. Si l'on ne retrouve pas de signes patents de détérioration mentale (en relation avec ses excès œnoliques), d'une façon générale, il habite assez peu son histoire. (...)

Je trouve qu'ils le taillent bien, avec leurs bonnes tournures :

N'ont en aucune façon été réunies les conditions propices à une construction véritable de la personnalité de M. Pons. Il n'a pu accéder qu'à un aménagement de celle-ci, restant prisonnier de fixations infantiles (prégénitales, narcissiques), aux prises avec un inconfort tensionnel (anxio-dépressif). Il ne s'est que pseudo-autonomisé, demeurant en réalité dans une grande dépendance à l'égard de son milieu d'origine, s'étayant et se diluant à la fois dans le groupe de ses « copains bringueurs ».

Donc vraiment pas le mec fréquentable. On m'emmènera quand même pendant un an le visiter en prison. Mais vite les assistantes sociales signalent qu'il a un comportement déplacé : *Il semble qu'une certaine séduction dans les rapports beau-père/fille existe. M. Pons ne semble pas avoir accédé à une maturité affective adulte. La fille de Mme Martin est investie par l'intéressé dans une relation contre-œdipienne qui satisfait monsieur, au détriment de ce qui pourrait être équilibrant pour cette fillette.*

Pendant un an je passe du temps de parloir avec cet homme qui *tend, dans un registre infantile (en répétant qu'il n'était pas là), à se désolidariser du drame.* Comme si rien n'était de sa faute. Exactement comme ma mère. Et c'est comme ça que j'entre dans leur système : comme eux, par intérêt. Parce que comme eux j'ai aucun bénéfice à voir la vérité.

Encore aujourd'hui Alain se cogne dessus, les faits il sait pas quoi en faire, il préfère se mentir pour continuer de survivre. Il en sera toujours là, à ce niveau de flou, dont il pourra jamais s'évader. Mais moi je suis plus une enfant, je veux plus être comme eux : c'est pour ça que je vous parle.

6

Je crois en des entités qui restent vivre dans notre monde de vivants. Comme dans le film *Sixième Sens*, ce gamin qui voit des morts partout. C'est ce que je vis.

Au début je doutais, je voulais pas accepter, tout le monde me prenait pour un cas psy, surtout mon ex. Mais quand je suis allée voir la psychologue, madame Felin, elle m'a bien expliqué que j'étais pas folle, que ces voix existaient pour moi, comme quand je parlais à Dieu à l'époque de ma première vraie famille d'accueil, les Chauzain.

Le plus drôle c'est qu'aujourd'hui Jade et même Florian me demandent si j'ai des nouvelles de sa mère Josiane, maintenant qu'elle nous a quittés. Si elle me fait des signes. Hier j'ai pris une photo dans le ciel, un nuage en forme d'ange, et j'ai senti sa présence. Un soir je regardais Ushuaïa TV quand l'image s'est figée, peut-être deux minutes. En haut à droite de l'écran, un visage s'était formé, qui me souriait. C'était elle, mais j'ai pas pu interpréter sa moue. Est-ce qu'elle me parlait de Jérémie ? Ou de ses problèmes à elle ?

Récemment j'ai mis en fond d'écran de portable une photo de mon frère. Je l'ai retrouvée en rangeant des papiers : l'anniversaire de ses quatre ans. Lui devant le gâteau, soufflant ses bougies.

Jérémie chaque jour de sa vie a été un calvaire. Alors que moi j'ai eu certains bonheurs, par exemple les dauphins. J'ai pu construire une vie.

La nuit il me regarde à la lumière de l'écran, et je lui raconte des histoires, comme quand on était enfants, qu'on faisait tout ensemble. Je lui raconte le film *Vaiana* que j'adore. L'univers Disney fait partie de ma vie. Comme les *Harry Potter*, comme Johnny que j'écoute encore beaucoup.

Je me prends aussi pour Jessica Alba dans *Les Quatre Fantastiques*, la femme invisible qui a fait de sa terrible timidité son superpouvoir. Je disparais, je me glisse entre les mondes, mon fantôme se faufile.

Jérémie je lui parle longuement à l'écran et je m'endors dans le salon, habillée, le portable contre moi. Le matin je me réveille à l'aube, je pars sans déjeuner, je me gare devant une vigne, je fume ma première clope. Près de moi le soleil se répand dans les feuilles. À gauche l'horizon se dégage, de la terre jusqu'au ciel. Les couleurs vont du rouge orangé vers le jaune, puis une fine ligne de vert jusqu'au bleu d'abord léger, comme vidé de sa couleur, qui finit par se densifier.

7 h 43 à mon tableau de bord. Les nuages ont des formes d'ectoplasmes. Les rangées de cyprès en ombres chinoises, comme des géants de cartoon. À droite entre

les touffes de roseaux et les fils électriques, une nuée d'étourneaux s'égrène au-dessus des ceps.

8 h 07 : l'arrondi du soleil apparaît, d'un épais jaune orangé. La queue de baleine du château d'eau ajoute un brin de mer. La lumière brûle le rose et impose le jaune, défait le ciel de son bleu lourd, cette pâte de bleu dont il se couvre pour dormir, comme une couette. Des dos de dauphins brillent dans l'océan du ciel, et je pars au travail avec leur présence.

V

1

Je me souviens cet hiver 2001, du haut de la tour à Meaux, avec David et Jade bébés. Le gris Seine-et-Marne, et mon corps démoli qui se cogne en peignoir de la chambre à la cuisine. Je me souviens de flashs, de bouts de miroirs cassés.

Quand c'est possible je lis le dossier à Josiane ma belle-mère : j'ai besoin qu'on m'écoute. Florian me traite de possédée, me gueule dessus d'oublier cette histoire, au lieu de me complaire, pleurnicher sur mon sort. Pour lui je me fais que du mal, et souvent je crois qu'il a raison. À quoi ça sert de savoir, quand on peut rien y faire ?

Ce que moi non plus je comprends pas à ce moment-là, c'est que je suis en train de guérir, de préparer cette nouvelle vie qui semble possible aujourd'hui. Mais en 2001 je suis au tout début d'un cycle, il faudra vingt ans de galère pour que ça se concrétise.

Cette aventure dans le passé, vers un nouvel avenir, elle commence là avec ces milliers de pages : c'est le début du voyage. Mais lui Florian de toute manière il déteste voyager, ça l'intéresse pas d'être curieux, il sait déjà ce qu'il aime. Connaître ce qui m'est arrivé, qui sont ces gens qui m'ont fait ça, il peut même pas se la poser, la question. Lui il y a que sa mère, son con de frère, ses potes et ses clients. Il y a pas d'autre azur, ses yeux vont pas plus loin. D'ailleurs j'existe à peine au fond, comme une pièce rapportée, et en même temps peut-être la seule chose qu'il a un peu choisie. Mais souvent il me regarde et je sens que je le gêne. Comme si j'étais mal rangée, à traîner au milieu du couloir.

Ta mère tu t'en bats la race, il me fait. Tu l'oublies, tu la zappes cette vieille pute.

Je vois ce qu'il veut dire, souvent je veux suivre son conseil, être rien avant que le jour se lève, et commencer à vivre d'un coup, de nulle part. Mais ça arrive jamais, le demain on est toujours plus qu'hier, et je me traîne pieds nus, le chauffage à fond, les PV tout tachés de lait en poudre. Encore aujourd'hui l'odeur de biberon au bain-marie me rappelle le dossier.

Dedans il y a cette audition où ma mère dit qu'elle est contente d'avoir trouvé *une stabilité affective depuis qu'elle vit avec M. Pons Alain.* J'ai dû bloquer deux jours à l'époque sur cette phrase. Comment elle peut penser ça, ne pas voir ce qu'il nous faisait ?

Mais je réalise maintenant que sa logique a rien à voir avec nous ses enfants. C'est-à-dire qu'elle ment pas, ce qu'elle dit, elle le pense : elle avait besoin d'un homme et elle en a trouvé un, juste pour elle. Son objectif c'était : pas être seule, à n'importe quel prix.

Il y avait aussi les commentaires de l'éduc de l'ASE (prononcer *la Zeuh*, pour l'Aide Sociale à l'Enfance), que je trouvais assez dingues : *Mme Martin ne semble pas distinguer ce qui est de l'ordre d'une présence masculine lui apportant un soutien pour elle-même de ce qui serait un appui éducatif réel.* La Zeuh, ces visionnaires. Ou encore : *Mme Martin possède une image masculine négative liée aux images paternelle et fraternelle et ceci pèse dans sa relation à un enfant de sexe masculin.* Mais est-ce que le fait que Jérémie soit un mâle change quoi que ce soit à l'affaire ? Est-ce qu'elle m'a plus aimée parce que j'étais une fille ? Non, elle aimait notre sœur Ashley, c'est-à-dire pas Ashley parce qu'elle est fille, mais la fille d'Alain, celle que son père désirait, son amour s'arrête là.

2

Sylvie ma mère je l'ai toujours connue caissière à mi-temps. Je sais pas trop ce qu'elle faisait de ses journées, on était tout le temps gardés. Je dirais que c'est une femme qui voyait des hommes, une jolie femme, qui plaisait. Elle s'occupait de sa maison, son intérieur, mais pas de nous. Elle repassait ses robes.

Tout ce que je sais de mes parents, pratiquement, c'est la justice qui me l'a dit. Tout ce que je sais de ma mère, je peux le prouver. On doit pas être beaucoup d'enfants à connaître aussi bien ses parents, alors qu'ils ont fait que mentir ou nous ignorer.

Son histoire, je l'ai lue petit à petit. Par ses dépositions, mais aussi par les gens extérieurs qui ont été convoqués. Par exemple ce témoignage de ma première nourrice, *Mme Humeau Dominique, épouse Potier (née le 22 juin 1950),* dont j'ai aucun souvenir :

J'ai effectivement connu Sylvie Martin. À l'époque elle était mariée avec M. Alexandre Martin, dans le début des années 80. Je sais qu'elle travaillait comme caissière à

Pantin. Elle a quitté son mari alors qu'elle était enceinte du deuxième enfant, prête à être accouchée.

C'était une femme bizarre et très lunatique. Elle rejetait toujours les fautes sur son ex-mari. À l'époque, il buvait un peu mais, à mon avis, c'était à cause d'elle vu qu'elle n'arrêtait pas de rouspéter après lui et le critiquait sans cesse.

Madame Humeau explique aussi que ma mère est violente avec moi : *Je l'ai vue arriver une fois avec un bleu. Elle ne s'occupait que très peu d'elle. Le matin, il fallait que je lui donne à manger et également le soir.* Et ça c'était avant mes trois ans, avant que Jérémie naisse, avant Alain : les coups, le manque de nourriture. Elle avait déjà tout inventé toute seule, inspirée par sa grande expérience personnelle.

Par contre son mari s'en occupait et il adorait sa fille. D'ailleurs, il a eu beaucoup de difficulté à remonter la pente après son départ. Même encore maintenant sa fille lui manque.

Chaque fois que je lis ce passage, ça me fait drôle, car c'est un peu la seule chose positive que j'ai sur lui, et qui colle pas du tout à mes visions. Pourtant elle a l'air sincère, la mère Humeau, on sent de l'affection. Alors j'essaie d'imaginer pourquoi elle dit ça. Je me dis qu'elle était peut-être jalouse de ma mère, qu'elle aurait peut-être bien aimé mettre mon vrai père dans son lit, depuis tout le temps qu'elle devait moisir chez elle à garder les gosses des autres.

Ce métier d'être mère, à plein temps, H24 avec des

gamins dans les pattes, j'avoue j'admire, mais jamais je pourrais le faire. Il faut trop de courage, d'amour, ou pas savoir s'écouter. J'adore mes petits-enfants, les garder, prendre du temps pour eux, mais être payée pour ceux des autres, pour moi ce serait l'enfer.

Je l'imagine madame Humeau, avec sa ribambelle, et mon père qui passe me chercher de temps en temps, qui ne cerne pas du tout que c'est une femme et pas seulement une mère, qui ne peut pas se douter une seconde des désirs qu'elle éprouve, alors que peut-être s'il savait il dirait pas non. Une femme sans clignotants, qui dans sa grotte d'enfants a perdu l'attraction. Quand je suis devenue mère, j'ai eu peur de devenir ça, de perdre les bons signaux.

Sylvie était très casanière. À ce que je sais, elle passait tous ses week-ends au lit avec son mari, en prétextant qu'elle était fatiguée par sa santé fragile. Enfin c'est ce que lui me disait. En dehors du travail, ils avaient aucune activité sociale, culturelle ou sportive. Mais c'était pas une timide, elle se liait facilement. Elle était très autoritaire et elle le dominait. Des fois elle se mettait en colère, elle balançait facilement n'importe quoi au visage. Lorsqu'ils étaient ensemble, lui était très renfermé et ne disait plus rien.

Mon vrai père était donc pour ma mère tout le contraire d'Alain. Peut-être d'ailleurs que c'est ça qui lui a plu chez mon beau-père, qui l'a convaincue de lui lâcher tous les pouvoirs sur nous : elle avait enfin trouvé un homme capable de la mater et la remettre à la place qu'elle mérite, comme elle avait vu faire dans son ordre des choses, qu'elle pouvait tranquillement reproduire.

Ou bien peut-être aussi que ça l'arrangeait, de pas avoir à s'occuper de nous, de lui déléguer sa propre violence, pour plus avoir à cogner elle-même. Le problème, c'est qu'elle pouvait pas tout déléguer, c'est aussi ce que j'ai mis tout ce temps à comprendre.

3

En lisant le dossier, j'ai découvert des tas d'anecdotes sur la vie de ma mère : des histoires tristes et touchantes. Chaque fois que je les lis je me demande pourquoi elle a pas pu me les raconter elle-même, pendant toutes ces heures passées au parloir, à rien avoir à se dire que les mêmes banalités. Qu'est-ce qui l'empêchait de me parler d'elle, de son enfance, de sa vraie vie ? Ça lui faisait trop mal ? C'était refoulé trop loin ? Elle avait pas eu assez de temps pour y réfléchir ?

En fait je crois maintenant que c'était pas ça le problème. Je crois que les gens de son époque, de son milieu, avaient aucune idée de l'utilité des mots. D'ailleurs c'est ça la grosse différence entre moi et elle.

Pourquoi elle m'a jamais parlé de ma grand-mère par exemple ? Et pourquoi je lui ai jamais posé la question : c'était qui tes parents ? En fait je pense qu'elle aurait pas compris. Ou plus précisément : la question n'existait peut-être même pas encore, ni pour moi ni pour elle.

Aussi loin que je m'en souvienne, raconte ma mère lors d'une audition, *je l'ai toujours vue boire. Elle m'avait brû-*

lée en me donnant un biberon trop chaud. Mon frère l'avait pourtant mise en garde mais elle avait bu. Le médecin était venu immédiatement mais comme la brûlure n'était pas grave, je n'avais pas été hospitalisée.

Par la suite, quand elle buvait, je devais partir de chez moi, j'allais voir mes copines. Mais je restais discuter avec elle lorsqu'elle était à jeun. J'essayais de l'intéresser à la mode par exemple, au catalogue de la Redoute. Elle tricotait beaucoup. Elle n'était pas bête car elle avait son certificat, et une qualification de sténo.

Elle est morte quand j'avais quatorze ans. Elle avait déjà subi trois cures de désintoxication à l'hôpital intercommunal d'Aubervilliers. Je ne connais pas les causes de son alcoolisme. Peut-être était-ce sa solitude dans la journée ou bien ses problèmes de couple car ils se disputaient souvent. Il m'arrivait de refuser d'aller acheter ses bouteilles d'alcool, car après impossible de dormir la nuit.

Mon père était employé en menuiserie. Il exerçait sa profession à Aubervilliers. C'était un homme très courageux qui a toujours beaucoup travaillé pour nous aider. Il se montrait agressif avec ma mère et les autres, mais pas avec moi. Peut-être parce que j'étais la dernière, il ne me frappait pas, mais il n'était pas affectueux, non, surtout froid et distant. Souvent au café, il rentrait tard, ivre. Quand ma sœur Catherine est tombée enceinte à dix-sept ans, il l'a mise à la porte.

Cette peur de plus avoir de toit, de famille, d'être *mise à la porte*. Cette angoisse du caniveau. Je sais pas si un riche peut comprendre ça. Peut-être dans l'idée, mais il faut le vivre pour saisir comment ça change toute ta vision du monde.

Ensuite ma mère a été scolarisée à l'école René-Char d'Aubervilliers, mais à six ans elle a été admise à l'hôpital du Clos-Bernard, à la suite d'une chute de toboggan qui a entraîné une fracture du crâne. Elle est restée une semaine à l'hôpital. Elle parle de pertes de mémoire. Ensuite elle a redoublé deux fois le CE2, mais pas seulement à cause de l'accident.

Je n'arrivais pas bien à étudier en raison des disputes de mes parents, explique-t-elle, *et surtout de l'alcoolisme de ma mère. Je précise que nous recevions la visite d'une assistante sociale et aussi d'une aide ménagère lorsque ma mère était hospitalisée. Elle me réclamait tout le temps, me faisait manquer la classe pour me garder auprès d'elle. Parfois ça l'empêchait de boire. Il y a eu des plaintes des voisins, il était question que je sois retirée et placée.*

Après une 6e de transition, comme mon niveau n'était pas assez haut j'ai été orientée vers un CET, Estelle-Moulin, rue de la Libération à Aubervilliers. J'ai commencé une formation de sténodactylo. J'aimais bien ces cours, je m'étais inscrite moi-même, car ma mère ne pouvait pas se déplacer. J'ai tenu trois années puis j'ai redoublé la seconde et j'ai dû arrêter à cause du décès de ma mère. Après je voulais aider mon père qui était tout seul. C'est pourquoi j'ai décidé de travailler.

4

Ma mère est une de ces traumatisées de l'enfance. Comme moi. Mais ce n'est pas une mère. Alors que moi oui. L'amour elle sait pas ce que c'est, alors que moi oui. Peut-être qu'il est mort en elle quand sa mère est morte. Peut-être plus tôt. Alors que moi c'est l'inverse : j'ai découvert l'amour longtemps après la petite enfance, et c'est pour lui faire de la place aujourd'hui que je déterre tout ce que je trouve. L'amour a besoin de beaucoup d'air.

Dans le dossier j'ai découvert qu'avec Alain ils s'envoyaient des lettres de prison. Combien de temps ça a duré, cette relation ? Qu'est-ce qu'elle avait encore besoin de lui ? Comment il allait la protéger maintenant, du fond de sa cellule ? Malheureusement j'ai pas les lettres, j'aurais bien aimé lire ce qu'ils avaient à se dire, et s'ils parlaient de nous, s'ils s'en voulaient un peu.

Aujourd'hui lui vit à Beauvais, elle à Nantes depuis qu'ils sont dehors. Ashley ma petite sœur avait gardé des liens, mais aujourd'hui elle a pris ses distances. Ça a mis du temps : elle était sous son emprise, comme moi avec

Sylvie. Je lui ai raconté pour son père ce que j'avais découvert sur sa famille normande, qu'elle sache d'où elle vient. Et du côté de notre mère aussi j'ai fouillé, son père s'appelle *Martin Victor, né en 1913, originaire du Puy-de-Dôme, seul survivant d'une fratrie de 4 (3 filles décédées)* et sa mère *Saunier Henriette, née en 1921 et décédée en 1972, originaire de Paris, fille unique d'un père artiste-peintre.* On est donc un mélange d'Auvergnat, de Normand et de Parisien. De vrais bons Français de souche.

À dix-sept ans, ma mère Sylvie est pas foutue à la porte comme sa sœur, mais elle quitte chez elle *dans un contexte de conflit avec son frère, Bernard, violent, qui la met en danger.*

Elle commence à travailler chez Gandois à Paris comme dactylo où elle reste deux ans. Suivent de nombreuses places comme intérimaire. En 1979, elle entre à la SNCF comme caissière étalagiste au restaurant d'entreprise. Elle est licenciée au bout d'un an. Elle travaille ensuite successivement pour une épicerie Casino et la société Intermarché, y reste à chaque fois deux ans mais préfère partir alors qu'on lui reproche des erreurs de caisse suffisamment importantes pour qu'elle soit obligée de recourir à un emprunt pour rembourser. « Il y avait un mystère », explique-t-elle.

En fait c'est sa première inculpation en 1985 avec Alain pour sévices sur nous, qui lui vaut d'être licenciée. Elle est condamnée à un mois de prison ferme, six mois avec sursis et cinq ans de mise à l'épreuve. Après ça elle ne reprend pas de boulot, donc elle n'a plus d'activité à l'époque où ils nous récupèrent de chez la famille Mahzoug.

Autre aspect de ma mère qui m'a touchée dans le dossier : sa vie sentimentale quand elle était ado. Elle a eu ses premières relations sexuelles à dix-sept ans. *Selon le juge, elle garde de cet événement un souvenir ému et ce premier partenaire est l'homme qu'elle évoquera avec le plus de chaleur, un militaire qui vivait à la campagne et n'avait pas voulu la suivre à la ville.* Est-ce que cet homme est son seul vrai amour ? Pourquoi elle ne m'en a jamais parlé ?

À 18 ans, elle vit seule dans une chambre de bonne au-dessus de chez sa sœur. Mais supportant mal la solitude, elle se met en ménage tout de suite avec un étudiant qu'elle finit par mettre dehors. « Il profitait de moi, de mon appartement, de mon argent », explique-t-elle.

Avec son premier mari, épousé à 21 ans en 1980, elle exprime aussi le sentiment d'avoir été grugée. Tout commence pourtant bien. Il est sérieux et travailleur. Elle est tout de suite enceinte de Jessica et donne naissance à Jérémie trois ans après. « Il profitait de moi lui aussi. » Licencié, il n'avait pas retrouvé de travail et la famille vivait sur un salaire. « Je suis partie, dit-elle, car j'en avais marre de vivre au jour le jour… »

Mais ce que je note ici, c'est que moi j'ai été désirée. C'est ça aussi la différence avec Jérémie : les deux premières années de ma vie, c'était peut-être pas l'idéal, mais j'imagine qu'ils m'ont donné de l'amour, assez au moins pour tenir bon. Jérémie a pas eu cette chance, il est né *peu de temps après que la rupture soit consommée, et elle a fait la connaissance d'Alain Pons avec lequel elle s'est immédiatement mise en concubinage. « Avec lui ça marchait bien, son seul défaut, c'est qu'il ne tolérait pas les enfants turbulents. »*

5

Ma mère est tout ce que je déteste. Ma mère est mon plus gros problème.

Ma mère est mon pire cauchemar, et en même temps elle est moi : elle est la solution.

Ma mère *Sylvie Martin est une femme petite, assez mince, au physique harmonieux. Brune aux yeux noirs, elle porte une cicatrice à l'épaule, due à une brûlure par sa mère, et ses initiales tatouées au creux de son bras droit.*

Ma mère me cogne dessus et je me cogne dessus, pour réussir à ne pas être comme elle.

Ma mère est un grand masque, avec des cicatrices et de grandes initiales.

Ma mère *s'exprime avec une grande indolence, à voix basse. Ses phrases sont courtes et lapidaires. Elle raconte son histoire sans culpabilité ni émotion particulière, d'un ton froid et dépassionné, avec calme, précision et parfois même avec une certaine distance ironique.*

Ma mère est la dernière des femmes.

Ma mère et ses coiffures, quand elle revient d'on ne sait où, pomponnée, avec sa permanente.

Ma mère-permanente, qui vit près des baignoires.

Ma mère shampouineuse-caissière.

Ma mère qui *met en place des relations marquées par les bénéfices immédiats et utilitaires qu'elle en attend dans un climat de quête affective.* Cette folie de tous ces psys autour d'elle.

Ma mère comme deux gouttes d'Eau Écarlate. Qui papote de rien autour du bac à cheveux.

Ma mère qui *raconte sans inhibition et même avec une certaine complaisance la longue liste des sévices dont son plus jeune enfant a été durant tant de temps la victime.*

Ma mère qui *a fait preuve d'une grande perversité dans la contemplation passive du long calvaire de Jérémie, qui trouve sûrement sa source dans les manifestations violentes dont elle a été témoin durant son enfance avec la jouissance sadique d'y assister en voyeur tout en y échappant.*

Ma mère n'est pas une mère. Donc je ne suis pas sa fille.

Ma mère est un néon de salon de coiffure, accroché à une porte de prison.

Ma mère est un dindon, une de ces grosses dindes noires au visage sanglant, déchiré, filandreux, mais qui a fait de la chirurgie et se fait passer pour une colombe.

Ma mère *a rejoué avec ses enfants des scènes identiques à celles de son enfance, auxquelles elle a cette fois participé. Ce trait de caractère pervers, sadomasochique, explique en partie l'étonnante passivité dont elle a pu faire preuve devant le comportement de son mari, dont elle a vraisemblablement induit l'agressivité.*

Ma mère qui fait comme moi des sandwichs au pain de mie.

Ma mère thon-mayonnaise.

Ma mère toute cassée.

Ma mère toute cassée, qui m'a sauvée en me libérant d'elle.

Ma mère qui m'a sauvée à neuf ans, en disparaissant de ma vie.

Ma mère à mes neuf ans, la moitié de dix-huit : qui m'a laissé le temps d'être adulte sans elle.

6

Je ne pardonne rien. J'essaie juste de comprendre, de capter son aura, pour savoir qui je suis : faire la longue liste de ce que j'ai hérité. Parce que je reproduis, parce que ma fille est malheureuse à cause de mes relations aux hommes. De ce père maltraitant que je lui ai choisi, qu'elle adore sans comprendre ce qu'il nous fait subir. C'est ça le plus douloureux : comment ma mère est là avec ses conséquences, comment elle continue à s'immiscer. Comment je dois dévier en permanence ces énergies négatives, au point de plus respirer.

À un parloir, juste après la naissance de David, elle m'annonce qu'il y a eu des complications : Donc maintenant, Jessica, je peux plus avoir d'enfant.

Sur le coup je sais pas quoi répondre, mais dans le corps je ressens comme un bonheur qui s'étend. Ça ne monte pas au cerveau, c'est tout mon organisme qui dit : elle fera plus de mal. Et d'un coup j'ai tellement honte de penser ça. Toute ma machine se révulse.

C'est un souvenir que j'ai longtemps mis de côté. Grâce à lui je comprends aujourd'hui qu'en fait je savais. Comme me l'a toujours répété Véronique : Déjà au foyer de Serris, tu savais, Jessica. Tu parlais jamais de toi, personne connaissait ton histoire, mais tu savais.

Instinctivement je voulais pas qu'elle s'approche de mes gosses : je savais. Mais hors de question de l'admettre. J'étais contre l'injustice qu'elle subissait, j'ai défendu ma mère coûte que coûte, quoi qu'elle ait fait. Ils étaient tous contre elle, à me dire que c'était pas ma mère, la victime : mais c'est ma mère, je l'aime, et je serai là pour elle.

Dans les rapports ils la déballent toute nue, on dirait une tournante, avec des types en blouse fascinés autour d'elle. *1,59 mètre pour 48 kilos. Entend bien, pas de lunettes. Denture en état moyen, non soignée. Maigreur manifeste et ancienne. Discrète scoliose dorsolombaire. N'a jamais fait de fausse couche, ni d'interruption volontaire de grossesse.* Et ils notent même *une pilosité assez importante des membres inférieurs.* Peut-être qu'elle avait juste cessé de s'épiler en prison.

Sylvie Martin n'a pu, sur des fondations aussi précaires aux plans affectif, narcissique et identificatoire, qu'accéder à un aménagement de personnalité. La « couverture » obsessionnelle qu'elle présente ne masque que partiellement la position narcissique dans laquelle elle est fixée.

Je l'imagine de retour en cellule. Elle vient de se faire ausculter par deux beaux experts psys, elle leur a joué la totale.

Je l'imagine marchant dans son couloir de prison,

toute contente qu'on ait pris soin d'elle, d'avoir été le centre d'attention. Est-ce qu'on a pas tous besoin de ça ?

Je l'imagine qui s'allonge sur son lit de cellule. Elle a aucune idée des choses terribles qu'ils sont en train d'écrire sur elle. Elle pense à des détails.

Je les imagine eux aussi qui se dépêchent de rédiger leur note pour le juge, avec leurs mots d'experts qu'ils pourraient jamais lui dire en face, des mots sur elle, mais pas pour elle, des saloperies savantes qui se disent pas en vrai :

En l'absence de manifestations délirantes patentes, ses mises en actes s'apparentent à l'expulsion de ce noyau mortifère qui l'habite.

Mme Martin n'a pu parvenir à investir son fils. Celui-ci était précocement devenu pour elle un objet persécuteur, chacune des manifestations de l'enfant la mettant en cause au niveau de son extrême vulnérabilité narcissique.

Peut-être qu'ils ont raison, mais ma mère c'est rien pour eux. Je veux pas laisser les autres parler d'elle. Je veux pas de cette entité qui bourdonne, de cette nuée de dindons noirs, comme au bord du chemin près de chez moi. Elle est à moi maintenant, dans ce livre, elle pourra plus s'échapper. Un livre c'est une arène qui exécute avec des mots. Pas pour se venger, pour se défaire : pour aller au bout de soi, se construire un visage, enfin plus être la petite J…

Aujourd'hui j'ai quarante ans, je fouille dans le tiroir sous la télé, et je remonte le classeur à souvenirs qu'on avait constitué avec madame Chauzain, ma mère adoptive : *pour pas perdre mes choses.* Je sais que dedans il y a ces photos que ma mère m'envoyait, je devais avoir quinze ans, après un atelier de maquillage artistique organisé en prison.

Sur la première Sylvie porte des boucles d'oreilles en nacre serties d'or, ses cheveux longs, noirs, attachés par une pince blanche, tirés en arrière comme j'aime. Elle est de profil, maquillée carnaval.

La deuxième elle est de face, son visage papillon, le nez le corps de l'insecte, le point de chakra au front, la tête, et les ailes des joues jusqu'au menton : violet pour les contours, jaune bleu rose vert pour les décorations.

La troisième Sylvie est de trois quarts, grimée en tigre du Bengale : très blanche autour des yeux et de la bouche, le reste orange, avec des zébrures noires. Elle a l'air triste en tigre.

La quatrième je dirais un oiseau comme un torrent de plumes de couleurs, puis un ciel bleu avec un nuage-ectoplasme qui lui sort par la narine gauche.

La cinquième elle sourit pour la première fois, mais elle a l'air fatiguée. Elle sourit parce qu'il faut, ou peut-être que les médicaments lui font ce sourire-là. Sa collègue l'a entièrement peinte en verdâtre, avec des pissenlits aux joues, une fleur de coquelicot sur le front. Elle a changé de boucles d'oreilles : de petites pyramides rouges.

La dernière photo, elle est de trois quarts et cette fois sa collègue lui a fait une mer qui lui court sous les yeux, bleu sombre et moutonneuse, avec beaucoup de mouettes autour des tempes jusqu'au blanc des nuages, sur le front. D'ailleurs plutôt un océan qu'une mer, avec ses vagues et son écume. C'est la seule photo où elle a les cheveux lâchés, qui tombent en avant sur un pull rouge. Je la trouve belle sur ce cliché, elle a l'air sereine, simple, les yeux bien ouverts qui regardent au loin. On croirait qu'elle prépare un voyage.

7

Ma mère ne dit jamais précisément les choses. Tout est dans sa manière de s'insinuer, à chaque parloir. Elle dit : Le passé c'est le passé. Et moi je comprends qu'elle me dit ça pour m'épargner, par gentillesse, pour que je sache qu'elle me pardonne d'être en prison par ma faute.

Plus je me sens responsable qu'elle soit là enfermée, plus j'ai envie de l'aider : j'écris des lettres, je réclame sa libération aux ministres, au président.

Un jour, je dois avoir onze ans, elle me dit que FR3 Bretagne est venu filmer, qu'elle va passer à la télé, que je verrai l'intérieur de sa cellule.

Bien assises dans le canapé de ma famille d'adoption, avec ma sœur Clotilde et madame Chauzain dans le fauteuil, on regarde le reportage et je la reconnais, même floutée au visage. Je découvre le jardin potager dont elle me parle tout le temps. Avec beaucoup de fleurs, qui me rappellent une photo où elle sniffe une tulipe.

De neuf à vingt et un ans, ma mère me dit que c'est

un accident, que c'est pas grave : Jessica, moi je suis là, je fais mes années de prison, tu es trop petite, tu te rends pas compte, je t'en parlerai plus tard, quand tu seras plus grande.

Avant chaque visite, je dépiaute les Mon Chéri et les entoure dans des Kleenex, pour que ça sonne pas au bip. Mais c'est ma sœur Ashley qu'elle chouchoute au parloir, qu'elle veut vraiment voir. Des fois elle me parle de Jérémie : C'était pas toi sa maman, c'était moi ! elle me dit, et moi j'interprète que je l'ai fait souffrir, que je lui ai volé son fils, que c'est à cause de ça qu'il est mort : parce qu'à cause de moi elle a pas pu l'aimer assez, à cause de moi elle a pas su le défendre.

De mes neuf ans à la lecture du dossier, je grandis avec cette sensation d'être responsable de la mort de mon frère. Sylvie me dit jamais : *tu as tué Jérémie.* Mais elle est jamais claire, elle refuse d'expliquer. Elle peut pas de toute manière, sinon c'est toute sa vie qui meurt.

VI

1

Septembre 1986, mon frère Jérémie vient d'avoir trois ans, moi j'en aurai bientôt six, et le juge décide de leur rendre la garde : on quitte la famille Mahzoug, on rentre chez nous.

J'ai réellement aucun souvenir de l'appartement dans cette tour à Aubervilliers. Mon cerveau a gommé l'endroit. Les papiers disent qu'on y a habité jusqu'en mars 89, pour moi c'est le trou noir, je pourrais pas décrire une seule journée. Mais une chose certaine et écrite, c'est que dès le premier jour les coups se remettent à pleuvoir :

Malgré la condamnation, Pons Alain a réitéré ses violences et maltraitait les enfants de façon continuelle, spécialement Jérémie. Il ne l'aimait pas, Jérémie n'étant pas son fils, il lui administrait souvent des douches froides en guise de punition, lui plaçant la main devant la bouche pour que les cris ne soient pas entendus. Il était privé de nourriture et de boisson, roué de coups, et frappé avec violence, aussi bien sur la tête que sur les autres parties du corps. Mais Jessica était frappée également et contrainte de subir des douches froides.

Quand je lis ces auditions, je dois toujours faire un effort pour comprendre que c'est bien de mes parents qu'on parle, de mon histoire. J'ai aucun vrai souvenir de cette période à Aubervilliers, d'avant Solcy. Je lis que j'ai *fréquenté l'école René-Flament*, mais ça m'évoque rien. Toujours ce cerveau qui me protège, c'est bien, mais qui me joue des tours, qui me vole ma vie. Des sévices, j'en ai en mémoire, mais tout se passe à Solcy, comme si les sales souvenirs s'étaient rassemblés dans le même cadre. Contrairement à Aubervilliers, je m'y vois parfaitement, au moindre détail près.

Après un signalement de la directrice de la maternelle des Amandiers, où mon frère allait, un docteur vient l'examiner :

L'enfant parle de sévices (« Papa m'enferme dans le cagibi et il m'attache les mains ») et il est boulimique à l'école (privation de nourriture).

Il constate aussi *sur les poignets des traces pouvant correspondre à une corde et une plaie assez profonde sur le pouce gauche (causée d'après l'enfant par la fermeture de la porte de la chambre).*

Mais les services sociaux ne voient pas tout. Lors d'une audition du 18 janvier 1990, voilà le genre de propos que mes parents tiennent devant le juge :

A. Pons : Il arrivait de temps en temps à Jérémie d'aller boire dans les toilettes. Oui, il buvait dans la cuvette des WC. Je ne sais pas pourquoi il faisait ça.

Mme Pons : Il faisait ça parce qu'il n'avait pas à boire.

Parce que M. Pons l'empêchait de boire en dehors des repas.

A. Pons : Je le faisais parce qu'il faisait souvent pipi au lit. (...) Il faisait aussi souvent caca au lit. C'est pourquoi j'évitais de lui donner trop à boire.

Mme Pons : Quand j'essayais de lui donner à boire, moi ou quelqu'un d'autre d'ailleurs, M. Pons se mettait en colère.

A. Pons : Il est vrai que j'ai déjà fait manger à Jérémie son caca, mais je ne me souviens plus quand. En tout cas, c'était à Aubervilliers.

Mme Pons : J'étais là. J'ai essayé de l'en empêcher mais je n'y suis pas parvenue. C'est arrivé deux ou trois fois. Jérémie se débattait mais il n'y avait rien à faire.

A. Pons : C'est exact.

2

Des fois ils nous emmènent chez les Bellot, qui adorent aussi Johnny, qui ont un grand fils à moitié benêt. Eux aussi ont été auditionnés en janvier 1990. Monsieur Bellot explique qu'il *a connu M. Pons du fait de son travail de porteur-chauffeur dans le funéraire il y a une dizaine d'années. Les enfants, Jérémie et Jessica, dit-il, étaient giflés souvent et présentaient des ecchymoses. Jérémie était constamment puni. Il n'allait jamais à la piscine, ne participait à aucun jeu avec les autres enfants ; il n'avait pas droit aux jouets, gâteaux, bonbons.*

M. Bellot a assisté à Noël 1987 à une séance de douche. M. Pons a tenu sous la douche froide pendant 10 à 15 minutes Jérémie qui était tout habillé parce qu'il avait fait caca au lit. Il a vu un jour cet enfant, pendant des vacances en Normandie, boire dans la cuvette des WC. Il a vu un autre jour Jérémie puni, obligé de garder les mains sur la tête. Enfin, M. Pons lui a dit un jour qu'il avait obligé Jérémie à manger son caca.

Tout ce qui est dit là, Alain mon beau-père l'entend de la part du juge. Quand on lui demande ce qu'il en pense, il répond que *tout cela est vrai ; je le faisais sous le coup de la colère. À un réveillon chez les Bellot, Jérémie avait fait caca dans le lit ou sur la moquette. Je ne voulais pas qu'il fasse ça. Je lui ai alors donné une fessée et je l'ai mis sous la douche; elle était froide. Je ne me souviens plus combien de temps. Je crois que Jérémie disait : « Arrête papa. »*

Ma mère Sylvie explique que *les Bellot savaient que nous avions déjà eu des problèmes avec la justice; ils ne voulaient pas nous en créer d'autres. C'est pour ça je pense qu'ils n'ont rien dit.*

Après c'est le tour de madame Bellot de donner sa version. Son récit recoupe les déclarations de tous les autres témoins : *Jérémie se vengeait, soit en criant ou en se débattant, soit en faisant caca sur lui. M. Pons le mettait alors sous la douche froide, l'enfant suffoquait, il était ensuite enfermé dans sa chambre. Celle-ci n'était pas décorée. Jérémie dormait dans un lit sans couverture ni draps. Mme Bellot avait un jour essayé de s'interposer. M. Pons lui avait dit : « Mêle-toi de ton cul, ce sont pas tes gosses, ce sont les miens. » Il était aussi très autoritaire vis-à-vis de sa femme, il la battait et l'insultait. Mme Pons faisait « pratiquement tout ce que son mari lui disait ».*

Les Bellot étaient les meilleurs amis de mes parents, et surtout de mon beau-père, qu'ils fréquentaient depuis très longtemps. Mais qui étaient ces gens au fond, pour assister à des horreurs de ce niveau sans rien dire ? Est-ce que ça leur suffisait de se dire qu'ils ont le droit, vu que ce sont leurs enfants, que chacun fait ce qu'il veut ?

Depuis que j'avale ce dossier, et encore aujourd'hui,

j'ai ce malaise horrible de faire partie de *ces gens*. Cette sensation de pas être là par hasard à en prendre plein la tronche. Cette intuition du fond des âges d'être la fille de ma mère, de mon père et même de mon beau-père, qui descendent eux pareil de leurs ordures de parents.

De combien de générations de cas désespérés on est les rejetons ? C'est cette fatalité qui me noue le bide, surtout quand je pense à mes enfants : dans le passé, qu'est-ce que la vie leur a fait subir pour qu'ils deviennent ainsi ? Est-ce que l'existence était comme ça avant, du fin fond de leurs campagnes, et qu'ils ont pas eu le temps de changer ? Ou est-ce que c'est la déchéance des villes qui les a transformés en bêtes ?

3

Je me souviens très bien notre premier jour là-bas. On arrive par le train, on fait le trajet à pied de la gare de Saint-Roch à la nouvelle maison. Au moins dix kilomètres. Ma mère tire Jérémie par les cheveux, moi j'avance à coups de gifles. Mon beau-père Alain est à mobylette, avec Ashley bébé assise derrière lui : il fait des allers-retours, comme pour s'amuser.

Je me souviens du bruit de la mobylette qui s'approche. Rien que de l'entendre en souvenir, j'ai le corps qui se raidit.

Je me souviens l'endroit du martinet, dans un tiroir de la cuisine, le manche en bois du balai, les lanières noires.

Je me souviens les gamelles en plastique par terre, des gamelles pour chiens, sans rien marqué dessus, posées sur le carrelage marron clair de la cuisine, qui nous servent pour manger. Celle de Jérémie est bleue, la mienne rouge. On a faim tout le temps.

Je me souviens la chaîne hi-fi noire dans le salon, sous la télé, les enceintes noires bordant l'écran. Les cassettes de Johnny : pas des copies, des cassettes achetées. Le mange-disque orange pour les 45 tours, marqué *Julien* dessus, sans qu'on sache pourquoi.

Je me souviens la butte. Les cheveux longs de Jérémie, enfin mi-longs, mais longs pour un garçon. Comme mes parents lui tirent les cheveux, ça lui fait un trou derrière. Comme je passe mon temps à lui caresser les cheveux, je développe la même chose, mes cheveux tombent en grappes. Je lui colle de l'herbe sur son trou, pour qu'ils repoussent.

Je me souviens sa souffrance. C'est elle qui me faisait souffrir. Les coups sur moi étaient pas importants. Grâce à lui j'étais jamais victime.

Je me souviens que c'est à coups de poing, à coups de pied. Puis quand il en a marre, Alain passe aux bains froids, puis enfermés à l'étage, dans nos chambres, sans pouvoir faire pipi. Alors je pisse dans la carafe Barbie rose, que je vide par le velux.

Je me souviens le bruit des pas dans l'escalier. À la façon dont ils montent les marches, je mesure ce qu'on va dérouiller.

Je me souviens les entendre en bas qui s'engueulent, le bruit des glaçons dans le Ricard, les assiettes cassées.

4

Ce jour-là il doit être midi, on mange par terre dans nos gamelles, à quatre pattes, Johnny sur la stéréo, quand d'un coup Alain se met à hurler, chope Jérémie par les cheveux, lui colle une gifle si forte que mon frère s'écroule dans les pommes. Et là Alain regarde Sylvie, lui dit : C'est le moment.

Je me souviens clairement cette scène. Ou bien mon cerveau l'a reconstruite.

Je suis par terre dans la cuisine, j'observe aplatie. Alain rappelle ma mère, Jérémie bouge à peine, alors je me jette sur lui pour le couvrir, prendre les coups à sa place. Alain hurle : Dégage ! C'est pas toi !

Ma mère Sylvie observe du canapé, avec un petit sourire, pomponnée au possible, très classe, croise les genoux sans rien dire. Et après, le trou noir. Le psy m'a dit : Soit vous vous êtes évanouie, soit vous avez pris un coup.

Mais le jour du drame, c'était pas ce jour-là. Le jour du drame, Alain était pas là, il y avait que ma mère présente.

5

Mme Pons : Le samedi soir précédent, Jérémie avait fait caca dans son lit. Je l'avais réveillé vers 22 heures, comme tous les soirs, pour qu'il aille faire pipi. La serrure de sa porte ayant été inversée, c'est moi qui lui avais ouvert. Dans les toilettes, je me suis aperçue qu'il avait fait caca. M. Pons m'a dit qu'il fallait le mettre à la douche. C'est lui-même qui l'a fait.

M. Pons : Je lui ai donné une douche froide. Il s'est mis à pleurer. Je l'ai remonté dans sa chambre et je me suis mis en colère. Je lui ai crié méchamment : Je te hais. C'est tout.

Mme Pons : Jessica n'avait pas beaucoup de douches froides de ma part. Je ne sévissais pas beaucoup avec elle. M. Pons ne lui donnait que des douches froides, jamais de bains froids à ma connaissance.

M. Pons : Le dimanche, j'ai travaillé car j'étais de permanence. Je suis revenu chez moi vers 20 h 45. Ma femme m'a dit que Jérémie n'avait pas été sage. Je lui ai alors fait prendre un bain ou une douche froide, je ne sais plus. Il a perdu un peu connaissance. Je l'ai sorti du bain… Effectivement, c'était un bain... Je lui ai donné des petites claques sur le visage, il est revenu à lui, je l'ai recouché, c'est tout.

Mme Pons : C'était un bain. Jérémie y a passé une demi-heure trois quarts d'heure.

M. Pons : Je ne me souviens pas avoir plongé la tête de Jérémie dans l'eau à plusieurs reprises. C'est possible.

Mme Pons : Dans la salle à manger, quand il a ranimé l'enfant, il m'a dit : « Tu vois, c'est comme ça. » J'ai compris qu'il m'indiquait comment faire. Effectivement, ça ne laissait pas de traces. D'ailleurs, après avoir reposé l'enfant dans son lit, il m'a dit : « Il faudra choisir entre lui et moi. » De toute façon, Jérémie a toujours été entre nous deux. Mon mari n'acceptait pas que je m'en occupe.

M. Pons : Je lui ai bien dit qu'il fallait qu'elle choisisse entre Jérémie et moi mais j'envisageais, si elle choisissait Jérémie, de quitter la maison. Je n'avais pas d'intention de mort.

Mme Pons : De ce que j'avais compris, il voulait un peu que Jérémie disparaisse. Ce n'est d'ailleurs pas spécialement ce soir-là qu'il en a parlé.

6

Il va bientôt être midi, on est encore enfermés dans nos chambres, Jérémie a fait caca dans son lit, il sait qu'il va se faire défoncer. Comme il est très agile de ses mains il a pris une espèce de fil de fer, à partir d'un jouet, qu'il trifouille dans la serrure pour tenter de se libérer. Ça fait un moment qu'il essaie, j'entends le déclic, la porte s'ouvre, il m'appelle : Essica ! Essica ! Garde ! Je vois par ma serrure qu'il a réussi, qu'il va maintenant tenter de m'ouvrir, pour cacher ses draps sales.

Il trifouille dans ma serrure, je vois plus rien, je l'entends qui se démène, il a le coup de main : ce gamin de six ans, que tout le monde prend pour un débile, va devenir le plus grand braqueur de banques. Mais au moment où il réussit à ouvrir ma porte, j'entends les pas de Sylvie ma mère qui cognent dans l'escalier. Jérem referme ma porte avant la première gifle, j'entends les coups sur lui, je regarde par la serrure mais je vois rien, j'ai juste les cris de Jérem et Sylvie qui découvre le désastre : Mais comment t'as fait ça !

J'ouvre la porte de ma chambre. Ma mère le tient

par les cheveux et le tire dans l'escalier. Je la supplie : Maman, arrête, il a pas fait exprès ! Elle me gifle de sa main libre et m'ordonne de descendre, vu qu'il est l'heure de manger.

Je suis par terre dans la cuisine, toute seule devant ma gamelle. J'entends l'eau couler, je mange pas, je pense qu'elle doit le rincer, vu qu'il en a de partout. Il est midi, il fait un beau soleil qui tape contre les vitres.

L'après-midi se passe en punitions : gifles et bains froids. Puis l'eau s'arrête de couler, Jérémie ne fait plus aucun son, un silence vide envahit la maison. Je me dis : qu'est-ce qui se passe ? J'appelle : Maman ! Maman ?! Elle me dit : Tu bouges pas. Mais je désobéis, j'ouvre la porte de la salle de bains, je vois Sylvie ma mère et Jérémie, tout jaune, dans le bain. Je dis : Maman, il est jaune ! Et là, plus rien. De ce moment précis, c'est le noir complet.

Quand je reprends conscience, Jérémie n'est plus dans le bain, il est étendu jaune par terre, nu, dans le couloir. Sylvie ma mère appelle les voisins à l'aide. Je m'approche de lui, j'entends plus son cœur battre, je dis : Maman ! il respire plus ! J'entends ma mère crier de détresse, les voisins arrivent, la police, les pompiers. Elle me dit : Tu vas chez la voisine. Je lui dis que je veux pas. Je prends Jérem dans mes bras, mais elle m'arrache à lui, je me débats, quelqu'un m'emmène chez les voisins.

J'attends. Je demande : Où est ma maman, où est mon papa ? On me donne à manger, on me nourrit, j'ai tellement faim je dois manger une heure de suite. Je suis chez les Guérard, les voisins, des amis de mes parents qui vivaient déjà ici, à Solcy. Des amis des Bellot.

7

Pendant des années, je me demande : qu'est-ce qui m'est arrivé ? Ce jaune puis ce noir. Quand j'ai revécu la scène, grâce à l'hypnose, j'ai enfin pu comprendre : elle m'avait cognée contre le lavabo, et je suis tombée dans les pommes.

Dans le dossier on peut aussi lire le récit raconté par ma mère :

Jérémie avait fait caca dans la nuit de mardi à mercredi. C'est pourquoi je l'ai mis au bain froid avant son petit déjeuner. Je l'ai laissé un quart d'heure. Ensuite, je l'ai remonté dans sa chambre. Il n'a pas joué, il a été se coucher. Il avait mal au ventre. Je ne l'ai pas fait manger à midi, un peu par punition. Toute la matinée il avait crié et tapé dans sa porte.

Le midi, il a refait caca au lit. Je lui ai changé draps et couverture et je l'ai remis au bain froid, vers midi-une heure. Là, je l'ai laissé une demi-heure. Après, je l'ai essuyé et je l'ai remonté. Je n'avais pas parlé jusqu'à présent de ce deuxième bain froid. Là, il a recommencé à frapper contre la porte. Il empêchait sa sœur de dormir. Vers 5 heures, il était insupportable. Il était déjà pas bien portant. Il réagissait mais avec un certain délai. Je lui ai demandé pourquoi il criait comme ça ; il m'a répondu qu'il avait faim. À 5 heures et demie, j'ai fait un petit goûter. Il l'a pris avec nous. Je l'ai remonté dans sa chambre ; il a de nouveau fait caca.

Vers 18 h 30, je l'ai remis dans un bain froid et je l'ai laissé plus d'une heure. Il gémissait. Jessica me disait que Jérémie n'allait pas bien. Je lui disais : « Attends, quand il se sera calmé de crier, je le sortirai. » C'est vrai qu'il ne criait pas, il gémissait.

Quand j'ai été dans la salle de bains, il était jaune et il avait perdu connaissance. J'ai vidé l'eau de la baignoire. Je l'ai pris dans la serviette, il m'a fait peur ; il me paraissait très mal, tout froid. Je l'ai monté dans sa chambre, je l'ai frictionné. Je lui ai fait du bouche-à-bouche. Entre-temps, j'ai été voir une voisine. Elle a vu Jérémie qui était sans pyjama ; elle m'a demandé de l'habiller. Je lui ai refait du bouche-à-bouche ; il bavait. Dans les escaliers, j'avais senti son cœur battre encore. Je pensais que Jérémie n'était pas mort. Le SAMU est arrivé vers 20 heures.

8

Les enquêteurs constataient qu'après avoir rempli la baignoire jusqu'à l'orifice du trop-plein, la profondeur de l'eau était de 30 centimètres ; la température de l'eau froide était de 10 degrés. Le 19 avril, vers 18 h 45, Martin Sylvie plongeait son fils dans la baignoire remplie d'eau froide après s'être aperçue qu'il avait uriné dans son lit. Elle le saisissait à cet effet par les mains et par les pieds, tandis que l'enfant se débattait et criait : « Non, maman, pas le bain froid ! » Elle l'y laissait plus d'une heure. L'enfant gémissait, elle était remontée vider l'eau de la baignoire, abandonnant l'enfant nu dans celle-ci. Enfin, vers 19 h 30, alors que Jérémie avait cessé de gémir, Jessica appelait sa mère en lui disant : « Maman, viens vite, Jérémie a les yeux qui tournent. On a l'impression qu'il va mourir ! » Elle le portait alors sur son lit, puis faisait appel aux voisins.

Chaque fois que je relis ce passage il y a cette expression, *l'orifice du trop-plein*, qui me défonce le crâne.

Dans une autre séance d'hypnose, je revois le pompier lever le corps de Jérem du carrelage marron, le prendre dans ses bras, le mettre sur une civière. Il est encore pas mort mais juste dans le coma. Le pompier me dit : Ton petit frère s'en va. Au revoir, Jérémie. Et je cherche ma mère, mais elle a disparu.

9

Quand je reviens de chez les Guérard, ma mère m'explique que Jérémie est à l'hôpital. Le lendemain elle m'emmène à l'école, comme si de rien n'était. Dans le dossier il y a écrit : *Jessica se sent seule, elle n'arrête pas de pleurer, elle demande où est son petit frère.*

Le jour suivant, je suis par terre devant ma gamelle et maman, en pleurs, m'annonce que Jérémie est mort. Ça veut dire quoi ? je demande. Ben, Jérémie, il est parti au ciel.

Je le cherche dans la maison. Jérémie, t'es où ? Je cherche dans le jardin : T'es pas là ?

Je me souviens pas de cette nuit-là, ni des suivantes. Un matin la police débarque, le jour vient de se lever, je monte à l'arrière d'une voiture, ensuite on me dit d'attendre dans un fauteuil usé, devant un bureau couvert de papiers et une machine à écrire. Est-ce que tu sais ce qui se passe ? me demande un des flics. Non. Et puis : Ah, si, mon frère est mort.

J'entends ses talons, je me retourne, je vois ma mère en tailleur bleu marine, entourée de deux policiers, menottée dans le dos. Je dis rien, je regarde les menottes. Elle me regarde sans me voir. Je ne comprends pas ce qu'elle fait là, pour moi elle est innocente, elle nous défendait contre mon beau-père, elle prenait les coups à notre place. Je lui avais inventé un rôle de sauveuse, de maman idéale.

Le policier me dit : Tu vas être placée dans un foyer avec ta petite sœur. Je réponds rien, j'ai juste envie de lui dire au revoir, mais quand je me retourne, elle est plus là, ils ont dû l'emmener quelque part par ma faute. Je demande : Où est Ashley ? Je demande : Où est Jérémie ? Le policier me regarde, ne répond rien, ne dit rien, il sait peut-être rien du tout, plus personne ne sait rien.

10

La première fois que je lis l'autopsie à Josiane ma belle-mère, douze ans après le drame, je me dis : tout ça c'est compliqué, c'est clairement pas pour toi.

Je me souviens ensuite le dossier qui vit sa vie dans le placard, que j'ouvre la nuit la peur au ventre : comme un corps vivant, luisant, qui me brûle. Dedans, il y a tout ce que je veux pas voir, toutes les preuves indéniables :

Le dosage du strontium dans le sang permet de différencier une noyade vitale d'une immersion après la mort : les taux usuels en strontium dans le sang sont faibles (10 à 40 µg/litre), les taux après une noyade vitale sont plus élevés (de l'ordre de 100 à 150 µg/litre) et proches des concentrations en strontium de l'eau dans laquelle l'individu s'est noyé, l'eau du robinet et des rivières contient de 100 à 1 000 µg/litre.

La concentration post-mortem en strontium, dans le sang de Martin Jérémie, est de 110 µg/litre : cette valeur est donc compatible avec une mort par noyade vitale. On peut ainsi conclure que la mort du petit Jérémie Martin, âgé de 6 ans, est due à une submersion avec immersion prolongée en eau froide.

Je me souviens aussi comme je lis à l'époque : comme un robot fait des sons sans comprendre, surtout quand je lis à Josiane. Mes lèvres bougent, mon corps est pétrifié, mes mains tremblent n'importe comment, les yeux me piquent, tout semble faux à chaque mot et je m'enfonce dans la fumée, dans mes séquelles de vie.

Je mets plusieurs semaines pour accepter les faits, réaliser par exemple que nous nous sommes installés le 25 mars 1989 à Solcy, c'est-à-dire moins d'un mois avant le drame du 19 avril, alors que j'avais l'impression que cette maison on y avait vécu une bonne partie de l'enfance. Et aussi que le corps de Jérémie a été inhumé le 21 avril, au cimetière de Solcy, alors qu'il est mort le 19. C'est pas un peu rapide ? Est-ce qu'on a le droit de faire ça ?

Mais le 26 avril 1989, le parquet de Meaux est informé par les services de la DDASS que mes parents font l'objet d'une *procédure d'assistance éducative*, mon beau-père ayant été incarcéré durant trois mois en 1985 pour des faits de coups et blessures sur nous.

Cette donnée pousse le parquet à ordonner une enquête sur les causes de la mort de mon frère, et le 27 avril 1989 ils décident d'exhumer le corps de la victime. C'est-à-dire qu'ils réouvrent la tombe. Longtemps j'arrive pas à accepter ça. Le corps de Jérémie plein d'eau qui ressort de terre et attend quelque part. Immersion-submersion, inhumation-exhumation. Comme une respiration : après l'eau cette terre. À l'époque déjà j'ai l'impression de voir des signes partout, d'entendre des voix qui se lèvent, qui remontent des conduits. Depuis toutes ces années que je gratte sa tombe à chaque visite à la Toussaint, que je veux le déterrer pour le ramener à sa vraie vie, près de moi.

11

Sylvie Martin était inculpée d'assassinat et de violences habituelles sur mineur de moins de 15 ans. Alain Pons était inculpé de complicité d'assassinat et de violences habituelles sur mineur de moins de 15 ans.

La préméditation qui a accompagné les faits reprochés aux inculpés est en l'espèce suffisamment démontrée, tant par la concertation qui les a précédés, Alain Pons ayant montré à son épouse comment procéder, que par le laps de temps nécessaire pour les commettre (1 h 30).

Amenée à revenir sur les faits qui lui sont reprochés, Mme Pons Sylvie raconte avec laconisme et une certaine lassitude qu'elle en avait assez des disputes conjugales au sujet des enfants : « Chaque soir quand il rentrait, il me demandait de faire un rapport sur le comportement des enfants. Souvent il les frappait et les punissait. »

Mme Pons tient à nous assurer qu'elle s'entendait bien par ailleurs avec son mari. Elle l'aimait et pensait qu'il arrêterait : « Il se défoulait sur eux, car il pouvait pas se défouler sur moi. Tout le monde le savait autour de lui. Sur Jessica aussi, il y avait des violences, mais elle se défendait, elle

La responsable du service administratif du cimetière de Solcy explique qu'*elle a été surprise de la rapidité de l'enterrement de Jérémie. Elle a eu l'impression, comme tous ses collègues de travail, qu'on cherchait à cacher quelque chose. Et compte tenu de la profession de M. Pons (gardien de cimetière), les obsèques auraient été gratuites à Aubervilliers.*

A. Pons : Les obsèques n'ont pas eu lieu à Aubervilliers car ma femme voulait que Jérémie soit enterré près de la maison.

Mme Pons : C'est vrai.

A. Pons : Ce sont les pompes funèbres qui ont décidé du jour de l'enterrement, pas nous.

Tout le monde a aussi pensé ensuite que déménager à Solcy montrait bien la préméditation : ils venaient se cacher là pour faire leur affaire. Quand tu changes de département, les assistants sociaux changent, ça ils l'avaient cogité, pour passer à l'action.

À l'enterrement le 21 avril il y a tout le village, et mes parents se présentent libres, ma mère sur son trente et un, avec sa tristesse infinie de mère éplorée, un vrai succès, comme me l'avait raconté l'assistante de mairie. J'ai aucun souvenir de ce jour, j'imagine qu'on devait être à l'école, ou bien j'ai encore tout effacé, mais avec Ashley je me demande encore où on était. Peut-être dans les nuages, Jérémie près de nous.

Ensuite mes parents attendent neuf jours avant d'être incarcérés. Je me souviens de ma mère abattue, son sourire sur ses pleurs, à nous tenir la main, à nous dire : Vous allez voir mes chéries, on va s'en sortir ! Je vous aime tellement !

Ces quelques jours de sa vie, il lui montait des élans d'amour incontrôlables, elle nous serrait très fort. Elle s'est même mise à nous emmener à l'école, alors qu'avant jamais. Elle arrêtait pas de nous embrasser, les gens devaient trouver ça louche.

13

Ce matin de novembre, il y a vingt ans déjà, j'ouvre la fenêtre pour faire de l'air, mais il fait tellement froid que j'abrège ma clope, qui s'écrase sur une bagnole au pied de la tour.

Ce matin-là, dans mon vieux peignoir rose, je vois mon reflet dans le miroir du placard, ma bouille ravagée de fatigue d'avoir lu toute la nuit. Je rallume une clope, je me dis tout haut : Maintenant tu sais. Maintenant tu vas dormir et quand tu te réveilleras, plus personne pourra jamais t'atteindre.

Mais j'arrive pas à dormir. La vérité me cogne au cœur : ma mère est pas innocente. Ma mère est une meurtrière. Elle a été téléguidée, mais elle était volontaire. Et chaque mois au parloir elle me mentait exprès, dans sa logique à elle, sans jamais penser à moi.

Le lendemain impossible de me lever, mon corps est comme tétanisé. J'appelle l'agence de voyages où je travaille, pour prévenir que je viens pas. Un médecin passe, voit que mes yeux coulent sans s'arrêter, me met quinze jours d'arrêt.

David a un an, Jade est bébé, je suis là sur le lit, clouée, incapable d'être mère et j'ai honte. Heureusement que Josiane est là en dialogue, quand elle peut. Mais elle aussi met du temps à comprendre, depuis cinq ans qu'elle vit avec la version officielle de Sylvie. Devant la vérité, son corps se met à trembler : Mais Jessica, c'est pas possible, elle a pas pu faire ça !

Sophie vient à notre secours. C'est ma meilleure amie, elle est au ciel aujourd'hui. Elle prend en charge les enfants et soulage Josiane.

Tant que je suis dans cette chambre, le temps est mort, le dossier immobile sur la table de chevet. J'arrête pas de me dire que je suis la pire des mères, que je dois être comme elle. Mes enfants me font peur.

Je parle à mon cerveau, comme si c'était quelqu'un. T'as refusé, je lui dis, de me faire voir les choses. D'accord, je comprends, t'as voulu me protéger. Mais là je vais péter un câble !

Les jours passent en mode réalité virtuelle. Je relis tout plusieurs fois, les auditions, les articles de presse. D'accord maintenant je sais, tout est à plat, mais il reste toutes les questions qui suivent, comment j'ai pu vivre avec ça, me mentir tout ce temps, et surtout par quelles techniques de Sioux j'ai réussi à inventer la suite, pendant douze ans, à faire mine. Sans parler de tout ce qui concerne les Bellot.

À des moments certains souvenirs reviennent, je note les noms prénoms des personnes que je pourrais aller voir, les familles d'accueil, les voisins, cette famille oubliée, une tante Catherine, des grands-mères. Pourquoi pas un n'a proposé de s'occuper de nous ?

Un matin le téléphone sonne, je suis seule à l'appart, Josiane et Florian au boulot, les enfants chez la nounou. Je me lève, je décroche, c'est le parloir téléphonique : ma mère au bout du fil.

Allô ? Ma chérie ? C'est maman ! Joyeux anniversaire ! avec sa voix mielleuse.

Moi, bloquée : impossible de répondre. Je regarde le radio-réveil, je vois qu'on est le 12, qu'on est bien le 12, et les chiffres clignotent dans ma tête, 2 et 1, puis 1 et 2, puis un mélange de 2 et de 1 qui défilent en vert sur fond noir, comme les 0 et les 1 dans *Matrix*.

Ça va ? elle me dit.

Un immense silence. Le plus long de ma vie. Puis du bout de mes lèvres : Ah non, ça va pas, non.

Qu'est-ce qui se passe ? avec sa voix gentille.

Alors j'explique comme je peux que je suis en train de lire les papiers de mon histoire. Le dossier judiciaire. Puis cette phrase qui sort : Maman, maintenant je sais tout.

Là, un autre blanc énorme. Elle meuble quelque chose, sa voix se transforme, redevient cette voix de quand j'étais petite. Je suis tétanisée, j'ai envie de faire pipi, comme quand enfants la peur montait, qu'on allait se faire taper. D'un coup je comprends que le dossier dit vrai, sinon cette voix existerait pas. Et le premier réflexe : mais comment j'ai pu emmener mes enfants la visiter ? Comment j'ai pu les laisser l'approcher ?!

Jessica, elle me fait avec sa nouvelle voix, la justice ils ont les mains pleines de sang. Je suis là parce que c'est ton beau-père qui m'a mise là. Ton frère m'a pardonné.

Je réponds rien, pas un bruit. Puis je crois que je raccroche. En tout cas c'est la dernière fois qu'on se parle. Maintenant elle sait que je sais, je suis sans intérêt pour elle, elle peut plus rien me dire. Et moi j'ai plus de mère, juste à cause d'un *maman, je sais tout*. Pourtant je suis plus sûre de rien : je sais seulement que si je veux pas mourir là, à cet instant, il va falloir trouver de l'air, continuer à faire face, à me reconstruire ce visage, couche après couche, comme une longue chirurgie esthétique pour arriver à l'intérieur, jusqu'à me voir telle que je suis.

VII

1

J'ai de la chance dans la vie, et aussi d'être en vie. J'ai quarante ans et des fois je me dis que je relève du miracle. Comme l'hiver dernier, avec David, cette plaque de gazole.

On est le 25 décembre sur l'autoroute, c'est moi qui conduis, quand soudain la voiture se met à vriller sur elle-même, comme à la fête foraine. On valse comme ça un moment, et puis la bande d'arrêt d'urgence nous rattrape et nous sauve. Ensuite autour de nous on découvre les autres voitures, qui s'égaillent dans les airs, en sont à vingt tonneaux, éparpillées, fracassées dans les champs. Pour eux c'est direct hôpital, coma. Nous rien : David en pleine forme, moi sonnée d'émotion, mais pas une égratignure. Et ma vieille R21 quand même bien explosée, mais qui avance encore. On roule jusqu'au village de Nazareth, à la sortie de Brive, pour trouver un garage. Nazareth un vrai conte de Noël : les deux miraculés.

Aujourd'hui je veux plus programmer. Je suis revenue à l'essentiel : par exemple, je supporte plus de faire les courses. Cette société de consommation, elle me procure aucun plaisir. C'est ailleurs que ça se passe.

2

À part la femme invisible des *Quatre Fantastiques*, il y a un autre personnage Marvel que j'adore et qui s'appelle Groot. Mais lui dit : « *Je s'appelle Groot* », il dit que ça. C'est un arbre vivant qui grandit et redevient bébé. Je suis gaga de ce personnage, il me fait penser à Jérémie, aussi dans sa manière de pas pouvoir s'exprimer. Un extraterrestre végétal. Il communique de manière complexe avec la nature, on peut pas le comprendre. Il passe son temps avec Rocket Raccoon, un raton laveur guerrier, fou furieux, qui bute tous les méchants. Lui il me fait rire, c'est un des héros que j'aimerais être.

Peu de gens aujourd'hui me reconnaissent, je fais plus la fête comme avant, je m'énerve plus, je suis différente. Si je vois mes amis trois fois l'an, c'est bien, je ressens plus le besoin d'être entourée. Je regarde plus la télé, sauf Ushuaïa TV. Les infos j'ai lâché. Sur les réseaux quelques news mais c'est tout.

Le bonheur, c'est des choses simples : apprécier la nature, respirer, ces moments de bien-être.

3

Florian mon ex continue d'imaginer notre avenir ensemble, mais je céderai rien : je ferai face. Florian, c'est un mal qui s'infiltre. Mais je sais maintenant comment parer les coups. Pour lui, je serai toujours son objet, il changera pas jusqu'à sa mort. Ou la mienne. Toutes mes copines savent la menace.

Un jour Josiane mon ex-belle-mère, avant de mourir, m'a dit clairement : Mon fils il va te tuer. Puis elle s'est excusée. Peut-être qu'elle s'excusait pour lui, ou de se sentir coupable.

Florian a grandi dans un délire lié à son père, un type qui le frappait. Je crois que ça vient de lui ses problèmes de dos, mais il en parle jamais. Pendant une engueulade il m'a avoué ce que son père lui avait dit sur moi, à l'époque des premiers mois, des premiers flirts, quand ados on se découvrait, que lui était très amoureux, moi moins : Tu la baises et tu t'en débarrasses, c'est une fille de la DDASS.

L'entité de cet homme rôde encore parmi nous.

Après sa mort à l'hôpital, il y a presque vingt ans, il m'envoyait des messages. Florian voulait pas me croire, mais Josiane elle savait, et elle avait peur : Tais-toi, t'es folle ! Le père voulait leur parler de certaines choses et il m'utilisait comme médium.

J'avais aussi des visions de lui : à un champ de courses, avec son pote Mohammed. Ils avaient picolé, il avait trompé Josiane. Je leur raconte et elle : Mais comment tu peux savoir ça ? Apparemment les courses c'était son addiction.

À un repas de famille, je suis devenue possédée, je me suis redressée de table et il s'est mis à parler à travers moi : j'ai demandé qu'on aille me chercher des Fine 120, cette vieille marque de cigarettes que je pouvais pas connaître, que lui fumait tout le temps. Ensuite j'ai expliqué où il fallait mettre les orchidées. Ça a duré trois minutes comme ça, tout le monde m'a prise pour une cinglée, sauf Josiane : T'es médium ! T'es dangereuse !

Après ça ne s'est plus reproduit, mais des fois la télé s'allume toute seule, et je sais que c'est lui.

Florian a grandi par rapport à cet homme, mais ça l'excuse pas. Tu as toujours le choix, je lui ai dit. Moi je suis pas en prison pour meurtre. Toi aussi tu peux faire autrement. Il faut que tu me laisses tranquille, que tu acceptes que c'est fini.

L'autre jour je lui ai sorti l'exemple de la feuille blanche avec au milieu un point noir. Quand David était au lycée, la prof de philo avait montré la feuille et avait demandé à la classe : Qu'est-ce que vous voyez ? Tous avaient répondu : Un point noir. Mais la prof leur a dit : Comment ça ? Vous voyez pas une feuille blanche ?

Il faut se réveiller, on voit que le négatif.

4

Ados on allait dans les cimetières le soir, c'était la mode, pour se faire peur. Maintenant j'y vais par plaisir. J'aime me promener entre les gens. Je fais les allées, je m'arrête chez quelqu'un, j'essaie de ressentir de quoi il est mort, s'il a pas trop souffert. Je prends le temps sur les vieilles tombes vides. Des fois je trouve des ossements.

Je m'intéresse aux morts imminentes, aux comateux, je vais aux conférences de médiums, je rencontre des gens. Je regarde Guillermo Del Rio sur YouTube, ou Guss qui va vivre dans l'endroit, nous montre ses connexions avec les esprits. Les entités les plus paumées, qui hantent un lieu, m'intéressent le plus : je me dis que je peux les aider.

J'ai quarante ans aujourd'hui mais maintenant il y a le livre. Josiane ça l'inquiétait, parce qu'elle avait compris sa portée. Ashley, elle, a longtemps été dans le déni, mais depuis un an elle commence à faire face, à parler. Elle me dit qu'elle est contente qu'il sorte bientôt. Elle a compris qu'il est pour elle aussi. Mais Florian non. Florian il s'en fout.

Il a appelé ma psychologue, pour lui donner des conseils, en lui expliquant que je suis une menteuse-née. Quand on se voit il me parle de féminicides, de l'affaire Daval, de l'affaire Jubillar, pas loin de Montauban. Heureusement que t'habites pas par là maintenant ! il me dit pour rigoler. Et moi : Je sais ce que t'es capable. Mais lui : Regarde, on arrive à se parler, c'est que ça va mieux entre nous. De toute façon tu seras toujours la femme de ma vie.

Il sait pour le livre, et bizarrement ça lui va. Il me demande des fois : Quand est-ce qu'il sort ton bouquin ? Il a pas peur des livres. De toute façon il lit pas, alors il le lira pas. Et même s'il le lit, je sais même pas s'il comprendra que ça parle de lui.

Tant qu'il sera pas mort, je serai pas tranquille.

VIII

1

Comme Ashley est encore toute petite, elle vient d'avoir trois ans, après le drame ils nous mettent au foyer de Chessy : elle à la pouponnière, moi avec les grandes.

Chaque soir je viens vérifier qu'elle est pas morte. Dans le rapport il y a écrit : *Jessica vient toujours voir si sa sœur respire. Prendre de ses nouvelles. Elle n'a pas un comportement de sœur.*

J'ai un gros nounours qui me quitte pas, Titou. Je l'ai mutilé, j'ai arraché son nez, ses yeux : *Elle se venge sur lui.* Il fait ma taille, il est marron et beige. Quand j'ai besoin de pleurer, je vais sur lui. Il y a d'autres filles avec moi. Je me demande ce qu'elles font là. J'apprends à les connaître, on a toutes des problèmes. Il y a une école dans ce foyer, je suis inquiète pour ma sœur, je regarde si son ventre gonfle, si elle inspire, expire. Parfois, comme je suis trop souvent à la pouponnière, ils me laissent pas entrer.

2

Les souvenirs sortent du tas, comme on retourne des cartes : les figures ou les chiffres apparaissent.

Un jour l'assistante sociale, madame Janeau, m'emmène à mon premier parloir. J'ai dix ans et sur le trajet, j'imagine ma maman dans sa nouvelle maison.

Je me souviens Fleury, un bâtiment marron, énorme. Des policiers à l'entrée, madame Janeau qui donne ma carte d'identité, la peur. On passe une barrière, j'entends des bips, des clés, un monsieur ouvre la porte : Écarte les bras, les jambes. L'impression d'avoir fait une bêtise, le cœur qui bat trop vite, madame Janeau qui me rassure.

On attend cinq minutes, on monte un escalier en colimaçon, avec du marbre qui se reflète. Un escalier interminable, puis une grande porte battante : l'espace s'ouvre et devient rond, vitré, une seule grande pièce. On m'assoit sur une chaise, des gens se mêlent, je cherche ma mère, je la vois pas mais finalement elle est là, bien habillée menottée, je réalise que je suis pas chez elle, que c'est pas une maison normale. Dans la voiture du retour j'arrête pas de pleurer.

Quand j'y retourne les fois suivantes, elle me raconte qu'elle va sortir vite, que c'est pas grave, qu'elle va revenir bientôt. Me dit que c'est la faute des hommes et d'Alain mon beau-père. Quand les assistantes sociales ont le dos tourné, elle me dit qu'elle m'en veut pas, et me caresse les cheveux.

Bientôt ça devient une habitude. La prison, le parloir, c'est aussi là où je grandis. Quand je vais la voir seule, les choses se passent bien, sinon Ashley est toujours sur ses genoux, dans ses bras. J'essaie de capter son attention, rien ne marche, il y en a que pour ma sœur.

Aujourd'hui Ashley a deux filles que Sylvie a jamais vues. Ça doit être dur pour elle, d'être privée de ses petits-enfants. À un parloir, elles se sont embrouillées et sa petite princesse l'a rayée de sa vie.

3

Le foyer de Chessy c'est un peu comme Fleury, un énorme bazar. Je vais devoir apprendre à me battre, à me faire respecter. Plus le foyer est gros, plus tu dois faire ta place.

Dès le début je me bats tout le temps, juste pour un mot plus haut que l'autre. Je m'en prends aux chefs. Il y a deux clans : les garçons contre les filles. Je suis une teigne, comme la chanson de Renaud. Tout le monde me craint.

La veille de la sortie au parc Astérix, que j'avais tellement fantasmée, je me tape avec un garçon, qui me colle un grand coup de poing dans le bide et me déclenche l'appendicite. Du coup je rate les dauphins et je suis écœurée de rage. Deux semaines plus tard, je sors de l'hôpital et j'ai qu'une idée : le choper. Je rassemble les copines, ça finit en bain de sang. Après, je porte un énorme coquard, mais je me suis vengée.

Les garçons, le problème, c'est qu'il faut pas juste leur faire la guerre, il faut aussi tenter de leur plaire. Et ça pour moi c'est totalement nouveau. Moi je supporte pas les garçons, je crois à cause de mon beau-père. Je les confonds avec lui. Ma revanche, c'est de leur montrer que je suis plus forte qu'eux, et comme je viens de commencer la gymnastique sportive, dans un grand gymnase blanc, j'ai beaucoup d'énergie. Par contre les faibles, les petits, ceux qui ressemblent à Jérémie, je les défends toujours, même si je dois me fighter avec trois mastodontes. Ce que je sais pas encore, c'est comment faire en tant que fille, sans me battre, pour capter leur attention. Je vais apprendre petit à petit, en copiant les plus grandes.

Au foyer on a un lit et une armoire en bois. À trois ou quatre filles par chambre. Je découvre le maquillage, comment paraître, mais pas comme ma mère veut, toute propre enfant modèle : comme moi je décide.

Je mets énormément de vernis, j'adore ça. Comme j'ai aucun vêtement, on m'en achète avec l'argent de la vêture : rien ne va. Les autres filles sont hyper bien sapées, elles se maquillent les yeux, ont de gros colliers rose flashy, sont plus grandes que moi. Ok je suis une des plus petites, j'ai que neuf ans, mais je veux m'intégrer, devenir comme elles. Le problème, c'est que je découvre l'argent de poche, et que j'en ai pas assez pour faire une différence.

Au foyer il y a une lingerie, où ils te donnent des habits, mais tu as aucun choix. Sinon on va au Monoprix. Chaque fois on est accompagnées par un éduc, pour s'acheter du rouge à lèvres. C'est notre sortie de la semaine.

Le soir on se retrouve entre nous, les filles me demandent ce que je fais là, mon histoire. J'explique que mon frère est mort, que c'est un accident. Pourquoi tu vas tout le temps à la pouponnière ? Je dois protéger ma sœur.

Ashley est trop belle petite, toutes mes copines l'adorent, avec sa peau mate, ses cheveux longs : c'est la chouchoute. Les filles vont la voir entre les cours, on se relaye pour la coiffer, il y a une forme d'entraide, de solidarité, toutes sous la même enseigne, notre nom écrit dans le bois de l'armoire, à côté de la pile de tee-shirts et de survêts. Quand il y a la visite des familles, moi pas mais d'autres si, qui amènent des bonbons, du chocolat, tout le monde partage. Les soirs on se retrouve pour écouter des K7.

Il y a des clans, des guerres, mais on est dans la même merde. Quand il y a des conneries, on se couvre : pour un vol, un mensonge. Chaque groupe a son étage : filles en bas, garçons en haut. Et le soir, pour les plus cool des grandes, les plus stylées, le droit de changer d'étage.

4

Un jour je suis convoquée, et l'éduc me dit que je vais avoir de la visite. Je lui demande de qui, et elle : De ton père. Je lui réponds que c'est pas possible, vu qu'il est en prison. Alors elle : Bon, Jessica, il va falloir que je t'explique deux ou trois petites choses.

Pour moi, à l'époque, mon père c'est Alain. Je suis contente de le voir, et en même temps il me fait peur, à chaque fois j'ai envie de faire pipi.

Cette fois l'éduc m'explique : C'est pas Alain ton beau-père, mais ton vrai père que tu vas voir. Lui est pas en prison. Tu vois de qui je veux parler ? Moi : Non je vois pas, mais d'accord, je fais la fille ouverte d'esprit.

Et là j'en parle de partout, je me vante que mon père va venir en visite, qu'il va me gâter, me ramener de l'argent, des chocolats, que je vais pouvoir partager avec les autres filles et me faire de nouvelles amies.

Arrive le jour de la visite. Je me prépare longuement : me faire la plus belle possible, bien mettre le maquillage. Normalement il y a une salle exprès, un espace rencontre, mais comme je suis en retard de m'être préparée, quand j'arrive aux escaliers, je vois un monsieur tout petit, avec des lunettes, brun, pas beaucoup de cheveux, un vieux pull, un gros ventre, qui me regarde en souriant. Je fais comme si je l'avais pas vu, je remonte dans ma chambre, je me refais les ongles, me recoiffe, rajoute un peu de rouge aux joues, et là je tombe sur l'éducatrice qui me dit : Je te présente ton père. Moi : Mais non, c'est pas lui, mon père est pas comme ça. Mais elle : Si, Jessica.

On s'en va discuter en haut des escaliers. Cet homme il porte le poids du monde, il est recroquevillé. Bonjour Jessie, il me dit. L'éduc nous accompagne dans la salle conviviale. Lui dit rien, il est mal. Moi tout ce que je vois, c'est son style, sa dégaine. Cet homme peut pas être mon père, il fait trop honte à voir. Il est tellement mal fringué, on dirait un malade mental, je capte direct qu'il a un grave problème. Surtout toutes mes copines vont le voir et ce sera fini pour moi.

Il dit rien. C'est vraiment ton papa, l'éduc insiste exprès, et le papa de ton frère Jérémie. Comme il fait enfin mine de partir, je lui demande s'il a pas des bonbons, du chocolat, un peu de monnaie. Il a rien. Je sors de la visite, et les filles : C'est qui lui ? Et moi : Je sais pas. On me dit que c'est mon père, mais c'est impossible. Je le connais mon père, c'est pas lui.

Le problème, c'est qu'après il revient tous les quinze jours. Je sais pas combien de temps ça dure. Une fois il veut même aller à la pouponnière voir Ashley, alors que c'est pas sa fille. Et il parle pas, il me dit rien, il a jamais aucun cadeau. Monsieur Martin est là ! appelle l'éduc. Pourtant je veux pas le voir, mais je dois y aller quand même. À chaque fois, je lui réclame des bonbons, des chocolats et c'est rare qu'il y pense.

En vrai j'aurais été plus contente de voir Alain mon beau-père débarquer, même si j'aurais tremblé. Au moins physiquement il est mieux, c'est lui mon papa, à l'époque je crois que je l'aime encore.

5

L'été 90, on part à l'océan. Ashley a quatre ans, la colo est payée par la DDASS, entre Bretagne et Vendée : char à voile, mer et autres activités nautiques.

Dès le premier jour je me fais piquer par une vive. Après ça, impossible de me faire retourner à la flotte. De toute façon, je veux plus participer : la mer, le vent, ça me saoule. Je veux rester cloîtrée. Je suis pas adaptée aux vacances.

Ashley est chez les petites, moi les grandes. Mais je la garde près de moi. Je passe mon temps à l'habiller comme une poupée, pour qu'elle soit jolie. Je lui mets du vernis, je la case avec un garçon, mais elle est pas intéressée. Quand il y a des soirées, je la fais participer. Quand il y a des bastons, je la mets au milieu.

Puis la rentrée arrive, et on découvre que le foyer de Chessy, c'est terminé pour nous : En attendant de vous trouver une famille d'accueil, on va vous transférer à Ferrières, au château de Neyles, ça va être mieux pour vous. Mais moi je suis bien avec mes copines. Le jour du départ c'est le pire déchirement : tout le monde pleure.

Maintenant que j'ai fait ma place, on me rebouge, et pas le choix si je veux être avec ma sœur.

Le château de Neyles est un centre pour handicapés physiques et enfants en difficulté, beaucoup plus petit que Chessy. Comme à Chessy, on est chacun à un étage, mais cette fois les handicapés en bas et les enfants des deux sexes en haut.

Je fais la connaissance de Valérie et d'Aline, de Samir aussi. Comme on est moins nombreux, c'est un bon moment, on tisse des liens forts. Par la suite, adultes, on s'est revues avec Valérie. Elle faisait la manche à Melun. Physiquement elle était bien marquée, ça m'avait bouleversée. Depuis j'ai plus de nouvelles, et j'avoue que j'en ai pas pris.

Un soir on nous fait toutes jolies, on est dans nos dortoirs, des adultes viennent nous visiter, comme au Salon de l'agriculture, nous scruter, faire leur choix. Ma sœur Ashley attire l'œil, c'est la plus jolie de nous, moi je fais juste partie du lot, imposée avec elle.

Je me souviens Valérie, dans le fond, qui attend sans savoir. Et puis d'une autre parmi nous qui a vraiment des formes, et d'entendre une dame bien habillée, parfumée, dire à son mari : Non vraiment, celle-là elle est trop grosse.

Trois jours plus tard, annonce officielle : avec Ashley on part vivre chez monsieur et madame Formeux, dans le village de Marais-sur-Marne. Ça va être chouette, nous dit l'éduc, vous allez découvrir la vie à la campagne.

6

On débarque en hiver dans une vieille ferme paumée. Madame Formeux explique : Ça c'est votre chambre, on mange à telle heure, on va faire telles activités. La chambre est toute petite, avec des lits superposés. Il y a un enfant à eux dans une autre chambre, plus grande et pour elle toute seule : Élodie Formeux, de mon âge, au CM1 comme moi.

Avec Ashley on découvre cette première vie de famille. Dès le début ça me plaît pas, ils sont sévères, ils nous inscrivent aux majorettes, il faut qu'on fasse partie de l'équipe comme Élodie, c'est important pour eux. Les entraînements sont en commun, dans un gymnase chauffé, mais pour les rattrapages, c'est dans la cour de ferme, et on répète tant qu'on a pas enregistré le mouvement, peu importe la météo, avec Élodie qui nous regarde bien au chaud, de son air méprisant.

Les repas c'est le pire, il faut finir l'assiette. Les plâtrées de spaghettis bolognaise, alors que t'as pas faim. Comme je suis toute maigre et qu'elle a épluché mon carnet de santé, madame Formeux insiste pour que je mange.

Sa première méthode pour m'encourager, c'est de gueuler, mais je cède pas à ça. Ensuite elle tente les menaces, puis elle passe vite aux actes : Tu sors pas de table avant d'avoir terminé. Sauf que ça dure jusqu'à cinq heures de l'après-midi. Enfin elle adopte une nouvelle technique, le doigt dans la bouche, pour me faire avaler de force. Je me souviens le temps que ça dure, pour tous les plats que je refuse, le chou de Bruxelles, la sardine, le poisson. J'ai des haut-le-cœur à chaque bouchée, à cause du doigt. Encore aujourd'hui il me reste à travers la gorge.

Je veux pas manger, je suis pas bien ici, j'y arrive pas, on est pas chez nous, et surtout il y a l'injustice, ce truc hyper compliqué quand tu arrives dans une famille. Ce décalage avec Élodie qui reste à l'intérieur alors que toi tu te les gèles. Le bâton de majorette j'ai envie de leur foutre à la gueule. Et puis ça c'est ta chambre, ça tes affaires, mais touche pas aux nôtres, t'es pas chez toi non plus : j'en ai les larmes aux yeux encore maintenant quand j'y pense, trente ans après. Ce décalage, je le sens encore. T'es pas mon gosse, t'es un boulot, un gagne-pain. Quand aux anniversaires ou à Noël, tu vois le fils de la famille avoir des trucs déments, et toi avec ton petit cadeau de merde.

Un matin, il neige, Ashley est toute bleue, alors je frappe aux carreaux, pour dire qu'elle a trop froid, puis on va à l'école. La classe c'est notre moment de soulagement. On y mange bien le midi, on nous oblige pas à finir. Mais majorettes après. Dans la cour de la ferme, et ces murs de prison. Ça bouillonne en moi, j'en parle aux éducs à Ferrières, ils m'écoutent à moitié.

Ensuite on part en vacances à Saint-Luc dans les Alpes, chez leur famille. Encore une vieille maison, avec des cochons. Je rencontre un vieux fermier qui me plaît bien, qui met bas des vaches, me montre comment il fait le saucisson.

On dort à l'étage, le parquet craque. Si on les réveille, c'est le drame. Une nuit que je bouge trop, je dois faire un peu de bruit, madame Formeux monte l'escalier, me dit que ça va plus être possible : Jessica, je t'ai demandé de respecter le silence et tu le respectes pas ! Et elle me flanque à dormir dehors, Ashley toute seule en haut.

Je comprends pas la méchanceté des Formeux. Ces gens bien propres de la campagne, qui vivent pseudo-normalement. En fait je comprends pas pourquoi ça se tape pas sur la gueule, comme je connais. Par contre je comprends que c'est pour de l'argent qu'elle me force à bouffer mes pâtes.

Leur fille Élodie répète à l'école qu'on est des enfants de la DDASS. Je deviens agressive, je lui crie dessus, me fais punir. L'assistante sociale débarque, j'essaie de lui montrer l'injustice, mais tout le monde est prévenu, madame Formeux se fait gentille, caressante : Ma petite Jessica, oh oui elle a ses petites crises, mais dans l'ensemble tout va bien. Alors qu'ensuite, privée de télé. Je comprends pas leur logique. Autant chez moi c'était l'horreur, mais on était enfermés, on voyait pas le reste du monde. Tandis que là l'injustice est étalée partout.

7

Après des mois sans résultat, ils nous retirent de chez les Formeux, et on retrouve le foyer de Ferrières. Je récupère mes copines, Valérie, Samir : j'ai réussi, je suis heureuse. Mais au bout de quelques semaines une autre famille se pointe, les Faussat, et cette fois seulement pour Ashley : on va être séparées.

Ça me fait un petit choc, mais bizarrement j'accepte. Avec Ashley on a un gros passif, et j'ai envie de rester ici, avec les filles. Surtout je refuse de retourner en famille d'accueil.

On s'embrasse fort, les adieux sont douloureux. Pourtant je crois que je suis prête à me séparer d'elle, à vivre ma vie de préado. Mais à partir de là rien ne va plus, je deviens encore plus rebelle. Dès qu'il y a un problème, je frappe. Comme j'ai plus ma petite sœur pour me cadrer, me donner un bon rôle, je fais n'importe quoi.

Je commence les conneries, les vols, les mensonges. Je leur en veux aussi de l'expérience chez les Formeux. Aux filles que j'aime pas je vole leur maquillage, leurs cassettes, je leur fais la misère. Mais mon problème, c'est les garçons. Dès qu'un truc cloche, je fonce, en m'en foutant des conséquences. Dès que ça me semble injuste, qu'il y en a un qui va pas dans mon sens. Comme si je voulais les détruire, parce que pour moi ils servent à rien : je veux qu'ils souffrent, qu'ils payent. Tout se concentre sur eux. Je forme un clan de filles avec moi, que je dirige. Et là ils m'annoncent qu'ils m'ont trouvé une nouvelle famille : pas question, je suis la cheffe d'une bande, pas possible.

On se planque dans le parc du château de Neyles, la fugue dure une journée. Ils appellent les flics, on est toutes mortes de rire. À la fin ils nous retrouvent, avec leurs airs inquiets.

Je leur explique que je veux pas y aller, ils veulent rien savoir. Le lendemain, l'éduc : Jessica, ta nouvelle famille d'accueil est arrivée, ils sont dans le salon. Mais moi j'ai pas envie, je veux rester dans ma chambre. Tu sais, ils sont gentils. Mais gentils ça veut dire quoi ? Attendez, j'ai pas bien compris. Les adultes sont gentils, vous êtes sûrs ?

IX

1

Chez les Chauzain je peux dire que j'ai découvert l'amour, ce nouveau concept. Et je leur ai fait payer, vu que je comprenais pas. On me nourrit on me sourit, ça fait bizarre quand t'as pas l'habitude. J'étais pas prête à l'amour.

Toute la phase d'apprentissage, les pauvres ils vont morfler. Pendant longtemps, impossible de comprendre mon comportement, tellement il y a un gouffre entre leur monde et le mien. D'ailleurs quand plus tard j'ai capté pourquoi j'avais été si dure, je suis allée m'excuser, mais au final j'ai regretté, et ils ont fini par se venger, ça j'en parlerai aussi.

Je me souviens la première rencontre. On se retrouve dans une grande salle, pour les présentations. Monsieur Chauzain est grand, cheveux poivre et sel, yeux marron clair, un sourire qui inspire confiance, et très bien habillé. Madame Chauzain est plus petite, blonde, un sourire aussi, menue, bien habillée. De mes dix ans et demi, je me dis : la classe ces gens. Ma première impression c'est qu'ils sortent du lot.

On papote, ils m'expliquent qu'ils font construire une maison à Rambouillet, en bordure de la forêt du même nom. Si je suis d'accord d'aller visiter le chantier, on ira, mais avant on va passer chercher Clotilde à l'école.

Je suis habillée en chemise rose pétante, jupe courte plissée, bottines à talons. Et là je découvre cette gamine blonde de mon âge, cheveux tressés, yeux marron clair, habillée à la mode rambolitaine, c'est-à-dire jeans d'un autre monde, pull moche, cartable dégueulasse, chaussures plates, pas du tout coquette. Je la regarde : mais qu'est-ce que c'est que ça ? Et elle, pareil, après Clotilde m'a avoué qu'elle avait pensé : mais c'est quoi cette Martienne ?

Rambouillet ils ont une façon à part de s'habiller, bourge chic mais à la fois pourri, qu'il faut connaître pour apprécier.

Après le choc, Clotilde se recompose et me dit tout enjouée : Viens Jessica, on va prendre les vélos, on va traverser le parc ! Je découvre où ils habitent, à deux pas de cette immense forêt, pour elle tout est normal, mais moi après ces mois à la ferme avec les autres bouseux, c'est carrément une autre planète, j'hallucine complet.

Dès le début je sens qu'ils veulent me donner une place, que c'est pas juste pour l'argent. Je suis émerveillée de cette famille bien propre, aisée, c'est un tout nouveau cadre. En même temps j'ai envie de chialer : qu'est-ce que je fous là ? Je la veux bien cette chance, mais ça me fait peur aussi, je vois pas comment m'y prendre.

2

On commence par se voir juste les week-ends, en temps d'adaptation. Après l'échec des Formeux, pas le choix c'est la règle. Physiquement ils m'impressionnent, tout est bien propre à la façon bourgeoise, je suis vraiment intriguée.

Chaque fois on fait quelque chose de différent, je découvre les deux grands frères : Alexandre, pharmacien, Édouard, prof aux Beaux-Arts. Tous s'intéressent à moi, me posent des questions pas complexes ni intrusives, établissent un bon contact. Et si tu viens t'installer chez nous, me dit madame Chauzain de sa voix toute douce, tu pourras continuer à voir ta petite sœur : sa famille d'accueil habite juste à côté, à Maurepas.

Je me dis qu'il y a un truc qui cloche : c'est un coup foireux ou quoi ? Tout a l'air trop parfait. Ashley maintenant habite chez les Faussat, la famille qu'a aussi rejointe ma copine Valérie, donc je suis rassurée, quelqu'un veille sur elle.

Chez les Chauzain, le plus extraordinaire : j'ai ma chambre à moi. Et madame Chauzain m'explique que je vais en plus pouvoir choisir le papier peint. Je comprends pas ce que c'est, mais ok, on ira le choisir ensemble, j'y vois aucun inconvénient.

Ils veulent vraiment m'intégrer. Chez eux ça crie pas, ça gueule pas, il y a une espèce de silence feutré dans la maison qui me met mal à l'aise au début. Ou bien c'est l'inverse : tout le monde chante, ils jouent de la musique. Le genre de famille Walt Disney, qui fait la vaisselle comme dans les sept nains, chacun son tour en sifflant : je suis désarçonnée.

Chaque dimanche matin on a église : je découvre la religion. Clotilde est enfant de chœur, belle et pure en blanc, personne fait une connerie, que des gamins bien sapés, sauf moi avec mon chemisier rose fluo, mes bottines, ma jupe, mais je peux pas m'en passer, c'est mon identité. Chaque seconde je me demande où je suis tombée : chaque détail est tellement loin, comme une série américaine.

Un jour je demande à madame Chauzain à quoi ça sert l'église. Elle m'explique qu'il y a le monde sur terre et le monde de Dieu. Donc je lui dis : Mon petit frère, il est pas mort ? Ça sort comme ça. Elle me dit : Non, il est en vie. Il est au ciel, il veille sur toi.

Cette idée me plaît beaucoup. C'est comme s'il était encore là, mais cette fois en inversé, pour s'occuper de moi, comme moi j'ai été là pour lui. Il me veille d'en haut, pas comme une mère, comme un petit frère attentionné, sans pouvoir bien m'aider concrètement, mais fidèle à me surveiller, m'alerter du danger. Et c'est vrai qu'il est là depuis qu'elle me l'a dit. Je ressens sa présence, je lève les yeux au ciel et je le vois perché là-haut.

J'apprends le catéchisme, la vie de Jésus. Il y a le prêtre Trudeau, qui fait pas prêtre du tout, un jeune hyper sympa, qui déconne avec moi et m'accueille très bien, pendant que les enfants sont penchés sur leurs bibles.

Bientôt je demande le baptême et j'emménage chez les Chauzain. Je suis inscrite, je découvre le quotidien, les réunions et je crois que je suis heureuse pour la première fois. Je me dis que si ça se trouve ils vont m'adopter, vu comme tout se passe bien. Ils écoutent du Mozart, de l'accordéon, mais ça me dérange pas. Il y a un calme, un truc serein que je commence à apprécier.

À Mondial Moquette, je dis à madame Chauzain que je sais la couleur : je voudrais du bleu sur tous les murs. Elle m'explique que ça va faire trop, alors je l'écoute sagement et on couvre seulement un pan en bleu, et les trois autres en peinture blanche. Monsieur Chauzain me cloue un grand tableau noir, avec des craies comme à l'école. Pour dessiner. Comme meubles, un bureau, un coin prière, un grand placard, des dauphins en peluche. Cet animal me fascine. Je m'en veux de ce parc Astérix raté, où j'aurais pu les voir en vrai.

3

Monsieur Chauzain est cadre haut placé à la SNCF, il y a aucun souci d'argent. Très vite je leur en pique pour m'acheter des bonbons. Le porte-monnaie noir est dans le tiroir à fourchettes. Il y a beaucoup de billets, je prends parfois cent francs, deux cents francs. Pour m'acheter des flans caramel Haribo, des Flanbotti, des œufs au plat, toujours dans la même épicerie. La famille d'accueil touche la vêture, et l'argent de poche, j'en ai souvent pas assez, c'est à leur bon vouloir.

Je vole mais par contre je suis mal, j'ai le cœur à dix mille, madame Chauzain laisse traîner un billet de deux cents francs pour voir si c'est moi, je succombe, je me grille. Cette passion que j'ai toujours pour les bonbons refuges. Et puis l'idée c'est aussi de partager avec les copines de ma nouvelle école, celle de Clotilde, de me faire bien voir.

Je suis nulle en maths, j'aime le français, surtout l'anglais. Dans le *Rapport d'évolution d'avril 1993*, madame Janeau, l'assistante sociale que j'aime bien, écrit : *Jessica est scolarisée cette année en 5e au collège de Rambouillet. Ses résultats restent passables avec cependant des notes excellentes en anglais. Il n'y a aucun problème de comportement au collège et il semble que Jessica se soit stabilisée dans ses relations avec les autres jeunes du collège.*

Clotilde traîne avec les intellos, moi avec les un peu délurés, enfin quand ça existe. Je retrouve pas d'équivalent d'Aline, Valérie, Samir. La plus approchante s'appelle Loréal, mais on a pas les mêmes valeurs. Elle me dit : Toi tu crois jamais ce qu'on te dit. Je lui réponds : Pourquoi tu veux que je les croie ? Et elle : Mais c'est la prof ! On doit la croire ! Mais moi : Les adultes j'ai pas confiance. Ils disent des trucs, ils font l'inverse.

Clotilde commence à me demander de lui prêter mes bottines, à mettre mon chemisier. J'essaie de la faire entrer dans mon moule, on organise des plannings pour quels jours je mettrai les bottines, quels jours ce sera elle. Je commence à l'avoir dans mon camp, dans mon style.

On va aux scouts le week-end, puis l'été je découvre des ados prêts à faire des conneries. On parle de Dieu, mon frère n'est plus mort, je crois en Jésus et surtout en Marie, je fais mes prières chaque soir, mais je continue de douter. Toi t'existes ? je dis à Dieu quand je prie. Parce qu'on me dit que t'existes, mais qu'est-ce qui me dit que t'existes vraiment ? Pourquoi je suis pas née direct chez les Chauzain ?

Je veux tellement faire partie de cette famille. Mais je sais qu'il y a une différence, et qu'elle est assez énorme. Je me remets à prier fort. Si t'existes, je lui dis, tu vas me faire un truc pour le prouver, parce que j'en ai ras-le-bol, on me dit des trucs souvent pas vrais. Alors voilà ce que je te demande : fais en sorte que madame Chauzain vienne me voir et qu'elle me dise un truc complètement improbable sur mon groupe de musique préféré, au moment de me coucher.

Madame Chauzain c'est la plus croyante de la famille, limite elle serait sainte que personne s'étonnerait. La journée passe tranquillement, on va au lit, et elle débarque alors dans ma chambre pour me souhaiter bonne nuit, car dans cette famille il y a cette coutume bizarre, les gens se disent bonne nuit, s'embrassent, et madame Chauzain avant de dormir vient toujours m'embrasser, Clotilde des fois, monsieur Chauzain aussi. J'aime beaucoup, c'est vraiment agréable.

Donc elle m'embrasse pour me dire bonne nuit, elle va s'en aller sans rien dire mais elle revient d'un coup et me sort exactement la phrase que j'avais demandée sur mon boys band, sur le fait qu'ils adorent Paris. Putain, pas possible ! Ça y est je l'ai ma preuve ! Mais en fait non, parce que je me dis direct qu'elle a dû m'écouter derrière une porte ou quoi, pendant que je priais tout haut. Ou que quelqu'un m'a entendue et lui a dit. Pour moi jamais rien de ce qu'on me dit est vrai. Du moment que j'ai vu les menottes sur ma mère, il y a plus de confiance. Mon père n'est pas mon père. Mon frère est mort, mais finalement il est en vie. Ma mère n'est pas quelqu'un de bien, alors que c'est ma mère et que je l'aime. Tout le monde arrange la vérité pour profiter des autres.

4

Chaque trois mois je prends le TGV pour aller au parloir. Dans un rapport psychologique, l'assistante sociale écrit que *Mme Pons* ma mère *a été transférée cette année à Nantes. La dernière visite que Jessica a eue auprès d'elle a été extrêmement difficile. Jessica a exprimé une très grande colère, un travail de désillusion s'opère en elle, lui permettant peut-être de mettre plus de distance vis-à-vis de sa mère. Elle continue à lui écrire et à préserver un lien.*

Sinon mon soi-disant vrai père vient me voir régulièrement chez les Chauzain. Les premières fois j'ai tellement honte de lui que j'ai envie de ramper sous terre. J'arrive toujours pas à croire que c'est vraiment mon père, même si ma mère me confirme. Il se plaint au tribunal que je lui réclame trop de trucs, de l'argent, des bonbons. De toute façon il a jamais ce qu'il faut.

Ma mère développe sa foi en prison. À la chapelle, elle s'occupe de la décoration, va à la messe, lave le linge des costumes de leur club de théâtre. Elle m'envoie des photos sur ses activités, je me souviens d'un vase et de fleurs magnifiques, j'imagine que la religion c'est une façon pour elle de reprendre le dessus sur moi. Elle me répète qu'il faut croire, elle m'en parle tout le temps, même dans ses courriers. Et respecter son prochain, que monsieur et madame Chauzain, ce sont des gens bien. Mais chaque fois que je lui pose de vraies questions, elle répond : Pas tout de suite, plutôt quand tu seras grande.

Madame Chauzain m'emmène au cabinet de mon avocate, maître Fontane, vu que le procès de mes parents approche : une vieille dame hyper classe, pimpante et m'as-tu-vu comme j'aime. Alors que les Chauzain eux veulent rien montrer. Avec leur vieille voiture, leurs bottes en caoutchouc, ils assument pas d'être riches.

Maître Fontane m'explique que je vais pas témoigner, ça sert à rien. Et bon ta mère excuse-moi mais c'est pas une mère, c'est quelqu'un qui t'a fait énormément de mal. Je lui dis : Quoi ? Pardon ? Ma mère c'est ma mère ! Elle me dit qu'en tout cas avec mon beau-père ils vont rester très longtemps en prison et que toi Jessica tu vas devoir grandir sans eux.

Je me mets à l'insulter, je lui dis que je la crois pas, que je veux aller au procès. Elle me dit : Non, on va pas te faire témoigner, c'est trop dur. Mais moi je suis pas d'accord : je veux défendre mes parents, je veux pas qu'on me protège.

Ils prennent perpétuité, avec une peine de sûreté de

vingt ans. Je me sens coupable de pas avoir été là. J'en veux à maître Fontane de m'avoir évincée. Je me dis que ce qui la dérangeait, en me faisant témoigner, c'est que j'aurais pris leur défense, et que je les aurais sauvés.

5

Au collège, ça se dégrade après le jugement, je deviens compliquée. Ma mère m'envoie une photo sur laquelle elle tient une tulipe, rose cette fois, avec un joli haut rayé noir et blanc, pantalon noir et talons. Elle me tricote des fringues que je mets jamais : une écharpe jaune verte et rouge, un bonnet vert fluo, pas du tout à la mode. Ça pourrait plaire à Clotilde, pour une Rambolitaine ça pourrait même faire chic, mais je veux rien leur donner, le monde est assez injuste.

Je vais faire ma communion, puis ma confirmation. Mais d'abord, le baptême. Ma mère insiste sur ma tenue, et parce qu'elle a l'autorité parentale, elle choisit ma marraine, sa visiteuse de prison qu'elle adore, une certaine Anne-Andrée de la Faye, que je découvre à ce moment-là, habillée veste rose, grosse bagnole, femme qui affiche son fric, le parfum qui va avec, un peu comme l'avocate.

Pour l'occasion, j'ai dû choisir un texte :

Tu peux naître de nouveau
tu peux tout recommencer

balayer ta vie passée :
et repartir à zéro
avec Jésus pour berger

Sur la photo je porte un serre-tête, le père Trudeau me verse de l'eau sur le crâne, ma marraine me tient les cheveux, parfaitement maquillée.

Le clou du spectacle, à la fin toutes les deux on chante *Le Train de la vie* de Gilbert Bécaud, que je connais très bien : Tchou tchou, tchou tchou, tchou tchou tchou !

La chanson parle d'un joli petit train qui mène l'humanité du berceau à la mort, avec ceux qui voyagent assis, ceux qui dorment debout. Tout est guilleret sympa, la musique légère, et puis à un moment, à la fin d'un couplet, Gilbert Bécaud explique que *si tu manques la marche, on n'en parle plus.*

Cette phrase-là, elle me reste en travers : elle me panique encore. Cette idée que t'as pas droit à l'erreur, sinon tu vas tomber, et ce sera dans le silence, plus personne parlera de toi, saura que tu existes. Et tchou et tchou tchou.

Cette comptine je l'ai toujours en tête. Elle accompagne ma vie et mes cérémonies, toutes ces marches que je monte et descends, d'église ou de vieille bicoque pourrie. Ce *petit train* qui a l'air sympa comme ça. Qui t'emmène *des montagnes de l'ennui aux collines de la joie.* Qui fait *des arrêts pipi, des arrêts café au lait. Mais si tu manques la marche…* Or moi je l'ai ratée, et pas qu'une fois, j'ai mille marches à rattraper, mille gamelles à soigner.

Encore aujourd'hui je le vois en rêve ce gentil petit train, en dessin animé, qui avance en souriant sur un flanc de montagne. Moi je cours après, je cours à ses côtés de toutes mes forces au bord d'un haut pont métallique surplombant la rivière. Je vais pour agripper la rampe, mais quand je mets le pied dessus je glisse et je tombe lentement, emportée comme une feuille.

Après la cérémonie, madame de la Faye me prend à part : Tu sais je connais bien ta maman, je vais souvent la voir. Ta maman c'est une femme courageuse. Si tu as besoin de quoi que ce soit, tu peux compter sur moi.

Ce sera la dernière fois que je la vois. De toute façon j'en ai marre de la religion, de la musique de merde chez les Chauzain, des chansons à la con, du père Trudeau qui mange sa glace à la pistache après la messe, de me balader en famille dans le parc. Ma mère a pris perpète, elle a raté cent marches, et moi je sais plus à quel étage je suis.

6

Il me reste deux photos de ma profession de foi. Je suis habillée en toge blanche, la croix du Christ en bois au cou, le voile blanc sur la tête, une énorme bougie à la main. Je souris à Clotilde, j'ai l'air hyper contente et calme, alors qu'en fait ça bouillonne, les photos disent pas tout, ni les faits : cette foi je l'ai déjà perdue, tout est déjà fantastique, invisible.

L'année se finit, c'est les vacances, et je dois suivre les Chauzain en vacances dans l'Ouest, alors que je veux rester avec mes potes qui traînent. Ceux qui me ressemblent, tous les restés à quai. Mais non, pas le choix, Valérie est aussi invitée.

On se retrouve en famille devant cet océan, et j'ai peur, on avance tous en ligne, je frissonne. On s'enfonce dans la vague, j'arrive plus à remonter, j'ai la sensation d'étouffer, monsieur Chauzain me repêche par le maillot, me sauve la vie, me remet dans le *petit train*, me dit d'un geste : Accroche-toi ! Mais moi je suis écœurée de la vie, j'ai juste envie de vomir.

Ensuite, on traverse la France en camping-car, jusqu'à Chambéry. Ils sont anti-autoroutes, anti-campings 4 étoiles. Il faut que ce soit le plus simple possible, ça m'énerve, alors qu'ils ont l'argent. Chaque soir on doit demander la lampe torche pour aller aux toilettes.

On s'arrête quelques jours dans un château qu'un de leurs cousins vient d'acheter. Le type s'appelle Gauvain, il nous fait la visite. Dans quelle chambre tu veux dormir ? il me demande, comme si j'existais vraiment pour lui. Il doit y en avoir trente ou quarante. J'en choisis une avec Valérie.

Le repas se passe dans une salle en bas, puis tout le monde va se coucher. Comme il y a pas l'électricité partout, avec Valérie on prend la lampe électrique et on part en visite de nuit, histoire de se faire peur. On trouve une table, deux chaises, on improvise une séance de spiritisme. Esprit, es-tu là ? On se tient la main, on attend et on tremble. Mais rien. Et puis en se levant, un truc se casse la gueule, alors qu'il y a pas de vent, que les fenêtres sont fermées. Le parquet craque, on se met à crier comme des folles, les adultes débarquent : finalement je dors avec Valérie dans la chambre des Chauzain.

C'est cette nuit-là, pour la première fois, que je découvre le monde des esprits : grâce à ce beau manoir hanté. Cette nuit-là Jérémie est au ciel et je sens l'autre invisible, celui des autres dieux. Le paranormal a grandi en moi, grâce à la religion. Je sais que derrière il y a quelque chose, j'ai plus peur de la mort. De plus en plus, j'ai des ressentis, comme les saintes : des visions. Je ressens les présences. Un rêve d'enfance revient sans cesse : à quatre pattes sur la tombe, face à la croix en bois, je creuse avec mes mains. Si j'enlève toute la terre, je sais que tout sera différent. La terre est molle et noire, comme celle des volcans.

X

1

Le jour où les Bellot sont revenus dans ma vie, je m'en souviens très bien. C'est un des pires je crois.

La rentrée s'est pas trop mal passée, j'ai retrouvé mes potes, mais ce soir-là je suis pas avec eux, je suis restée à la maison et je regarde la télé. C'est là que madame Chauzain s'approche et me dit : Je dois t'emmener à Ferrières, ne t'inquiète pas Jessie, tout va bien se passer. Puis dans la voiture : Tu es sûre que tu n'as rien à me dire ? Et là ma peur augmente. Quelle connerie j'ai encore faite ? De quoi va-t-on m'accuser ?

On entre dans le bureau du directeur de foyer, plusieurs policiers sont là, des assistantes sociales, dont madame Janeau. Avec une chaise placée au milieu, face à eux, rien que pour moi. Je suis tétanisée. L'assistante sociale : T'inquiète pas, on est là pour ton bien, tu peux nous raconter. Moi, paniquée : Qu'est-ce que j'ai fait de mal ?

Le gendarme m'explique qu'ils ont retrouvé des cassettes vidéo chez monsieur et madame Bellot : Est-ce que ça vous dit quelque chose ? Non. Vous souvenez-vous que c'était des amis de votre beau-père ? Oui. Sur ces cassettes on vous voit avec d'autres enfants. Ah bon ? Selon vous, qu'est-ce qui s'est passé ? Rien.

Après un long moment il explique qu'on va aller faire un examen médical dans un hôpital, puis qu'il va y avoir des poursuites. Tout ça en répétant sans cesse : Vous n'avez rien à craindre, vous pouvez tout nous dire.

Mais moi je peux plus parler, parce que je me dis que tout le monde dans la pièce a dû voir les cassettes, peut-être même madame Chauzain. J'ai aussi l'image du pistolet du père Bellot qui me revient. Tout devient insupportable et mon cerveau se réactive pour brouiller. Des gens se lèvent, sortent. Je bouge pas, je me tais.

L'examen révèle que j'ai l'hymen déchiré. Je rencontre des psychologues, ils répètent qu'il faut que je parle, mais j'ai pas confiance en eux. On me fait voir des dessins. Je finis par me livrer un peu à madame Janeau, l'assistante sociale que j'aime bien. Je dis pas tout d'abord : je veux pas trop en dire. En fait j'en veux à madame Chauzain de ce guet-apens. J'ai envie de lui faire payer mais je sais pas comment. J'ai comme cette certitude que tout est de sa faute, alors qu'elle y est pour rien. C'est censé être ma mère, mais tout le passé remonte, comme pour me faire sortir de ma nouvelle vie.

2

Il y avait un concert de Johnny à Paris ce soir-là. Alain mon beau-père était très excité de voir son idole, alors avec Sylvie ma mère ils décident de nous emmener chez les Bellot pour nous faire garder, juste moi et mon frère. Ashley j'imagine doit rester avec eux.

Dès qu'on débarque, madame Bellot nous dit d'aller à la salle de bains et de grimper dans la baignoire. Il y a déjà trois enfants dedans. On se tasse, on attend. Puis elle vient nous laver, on joue encore un peu, on a froid. Ensuite elle vient chercher Anne, une fille que je reconnais, que j'avais déjà vue chez eux. C'est elle qui les dénoncera.

Puis c'est mon tour. Elle m'essuie, m'emmène dans une chambre avec un grand lit, monsieur Bellot étendu tout habillé me demande de m'allonger sur le dos, et là je vois la caméra.

Ensuite je suis nue, jambes écartées, monsieur Bellot me met des objets en plastique dur dans le sexe, des bananes, des fruits. T'inquiète pas, me dit madame Bellot, ça fait pas du tout mal. Elle est à côté de moi, habillée, à me tranquilliser. Il y a plein de choses sur le lit, ils me donnent des bonbons : des bananes, des fraises Tagada. Il y a un pistolet sur la table de chevet.

Monsieur Bellot monte sur moi, je regarde la caméra, je me dis que c'est un film que je vis, quelque chose d'inventé. Mais en sortant de la chambre, il me pointe avec le pistolet : Si tu parles, je te tue. Son fils Thomas me regarde en riant, et je comprends que tout est vrai.

Dans le dossier il y a écrit que j'ai été la seule violée par le fils, Anne elle y a échappé. Mais j'ai aucun souvenir. Je suis sûre qu'Alain mon beau-père devait être au courant. Je savais où Alain planquait ses cassettes VHS. La police pense d'ailleurs qu'il a abusé de moi. C'est possible, mais je m'en souviens pas non plus.

Ensuite j'entends des pas dans les graviers, et les voix de monsieur Bellot et d'Alain.

Je me réveille dans la terre, il fait froid, je gratte, je vois de la lumière, j'ai très mal aux yeux. Je continue de gratter la terre molle. J'écoute leurs voix et je comprends qu'ils croient que je suis morte.

La terre est facile à gratter. Je rêve encore aujourd'hui que je gratte cette terre.

Un monsieur passe dans l'allée du cimetière et doit voir une main qui dépasse.

Je me retrouve à l'hôpital, des cotons sur les yeux, comme quand je me mutilais petite, que je m'enfonçais des mines de stylo que je me tournais dans le coin de l'œil, j'avais même dû être opérée à l'époque.

Puis Jérémie apparaît avec ma mère dans la chambre

d'hôpital. Il s'approche du lit, je le serre contre moi, et je découvre que j'ai mal partout.

Aujourd'hui encore j'essaie de comprendre cette scène au cimetière. J'ai fait de l'hypnose pour tenter de la revivre. Il n'y a rien dans le dossier qui en parle. Est-ce que j'ai tout inventé ? Pourtant dans mes souvenirs il n'y a aucun doute. La tombe n'est pas profonde, je gratte pour tenter de vivre, alors que j'ai plus de force. La terre est molle et moi dure, avec des ongles d'acier, comme ces machines qui tournent pour creuser le métro.

3

Je me souviens quand j'ouvre l'enveloppe intitulée *Affaire Bellot*. Depuis le temps que je sais qu'elle est là au milieu des PV, comme scellée, un dossier dans le dossier. D'abord j'avais renoncé à la lire, je me disais, c'est bon, ça suffit. Mais en fait j'ai compris qu'il fallait bien tout lire, que c'était ça mon destin, que je laisse rien de caché, même à m'en rendre malade.

Bien sûr j'avais peur de revivre les faits, mais j'avais surtout la trouille de pas les reconnaître. De découvrir qu'on m'a effacée, ou que j'ai en fait tout inventé, que je suis qu'une sale menteuse. J'aurais voulu aussi avoir le courage de cette fille, Anne, être la lanceuse d'alerte, plutôt qu'une victime lambda, un enfant parmi d'autres.

J'ouvre l'enveloppe et je découvre qu'elle consiste en une série de coupures de presse du journal le *Courrier picard*. Le premier article, daté du vendredi 7 mai 1994, s'intitule : *Assises de la Somme : l'amour violé par les époux Bellot.*

Les victimes, écrit le journaliste, *filles et garçons de milieux très défavorisés, défilent à la barre comme ils défilaient au domicile des époux Bellot, ce couple accusé de viols sur des mineurs de moins de 15 ans commis à Aubervilliers, en Vendée et à Amiens pendant seize années.*

Là je mesure l'énormité des faits. Je pensais pas qu'on était autant. Au début de l'article, certains enfants racontent, et à chaque fois je me dis : est-ce que c'est moi qui parle ? Une fille explique qu'*avec ma sœur et mon petit frère, on avait scellé un pacte. Le pacte de ne rien dire. Je pensais que les adultes ne nous croiraient pas. Dire que nous nous étions fait violer par deux personnes différentes, ça paraissait gros.* Elle ajoute ensuite qu'avec ses frère et sœur ils avaient un *projet secret. Celui de tuer les Bellot.* J'essaie de me rappeler, est-ce que j'aurais pu les connaître ? Mais non, aucun souvenir.

B., 15 ans, violée et filmée des dizaines de fois par Bernard Bellot alors qu'elle avait 6 ans, arrive à la barre : « J'en ai parlé à ma mère. Ma mère ne m'a pas crue, d'autant plus que les Bellot disaient que j'étais une menteuse. J'en ai parlé à mon oncle. Bellot a reconnu devant mon oncle. J'ignore pourquoi la police n'a pas été prévenue. »

Je me demande qui pourrait être B. Plus l'article avance, plus j'ai hâte qu'ils parlent enfin d'Anne et de moi. Mais l'article ensuite se focalise sur Fanette, c'est-à-dire madame Bellot, *fille-mère rapatriée d'Algérie, reconnaissante à Bernard Bellot de l'avoir épousée, femme otage volontaire de la pédophilie de son mari.* Et là je comprends que Fanette, ç'aurait pu être ma mère. Celle qui me tricote des pulls hideux dans sa cellule, avec sa mine d'innocente. Une femme otage comme elle, prête à tout pour survivre, et qui voudrait que je l'imite. Qui me répète à chaque parloir qu'*il faut que tu sois gentille avec Florian ton mari*, que c'est quelqu'un de *super*, sans le connaître. Qui me l'écrit dans des lettres : *Occupe-toi bien de ton homme.* Au lieu de me demander si je suis heureuse, si tout va bien. Mais non j'aurais pas pu lui raconter, et de toute façon elle aurait pas compris, elle aurait même pris sa défense, parce que pour elle le plus vital, la tâche première d'une femme, c'est obéir à son homme, puisqu'on est rien sans eux que des livrées à nous-mêmes, des parias qui finissent à la rue.

Encore aujourd'hui je porte cette peur de femme. Du caniveau, de la honte qu'on reproduit. Cette angoisse qui nous tient, leur permet de nous pourrir la vie.

4

Dans l'article du 12 mai, le même journaliste annonce que *l'accusation a réclamé hier à l'encontre de Bernard et Fanette Bellot, tous deux 48 ans, la réclusion criminelle à perpétuité. Leur fils, Thomas, débile léger, pouvait, lui, bénéficier de circonstances atténuantes.* Mais toujours rien sur nous.

L'accusation et les trois avocats des parties civiles n'ont pas eu de mots assez durs pour décrire une mère de famille qui mettait en confiance des enfants en difficulté pour mieux les livrer aux perversions de son mari.

L'article insiste ensuite sur l'existence de ce film, *œuvre de la vie de Bernard Bellot qui montre comment il a tué l'âme de ces enfants, qu'il aimait regarder sur la télévision de son lieu de travail, le cimetière d'Aubervilliers,* c'est-à-dire là où bossait Alain mon beau-père, qui devait donc avoir vu ces films, et m'avoir vue dedans.

Combien sont-ils à avoir subi les outrages des Bellot ? 15 ? 20 ? 30 ? 50 ? Il est temps que la peur change de camp. Seuls 6 d'entre eux réclament réparation. Et toujours rien sur nous.

Je fais une longue pause clope, j'ai envie d'appeler Josiane ma belle-mère, pour lui parler de ça aussi, qu'elle sache. Mais je me retiens, j'ai trop honte, ou déjà plus assez confiance en elle. Je me lance dans le ménage, j'ouvre les fenêtres en grand, le froid glacial humide envahit tout l'appart. J'essaie de me pencher, je crois dans l'idée de me foutre en l'air, mais je suis incapable, le vertige est trop fort, il me repousse dedans, et à ce moment je sens comme j'ai besoin de sol, de terre, de quitter cette tour, ces étages. Je me rassois et reprends ma lecture : *Maître Eugénie Fontane, au nom d'une fillette aujourd'hui âgée de 13 ans, atteinte de séquelles irrémédiables, rappelle aux jurés que leur verdict signifiera à la petite J… qu'elle n'est pas un objet, que les adultes sont susceptibles de la voir comme un être humain.*

Enfin me voilà, j'existe : c'est moi *la petite J…* Je me mets à pleurer de soulagement d'abord, mais aussi de cette joie d'exister, de pas être niée. Maître Fontane que j'aimais pas, qui me monte depuis le début contre ma mère, m'a pas lâchée cette fois, elle m'a bien défendue, justice a été faite. D'ailleurs sur les six enfants c'est Anne et moi qui allons toucher le plus de réparations, 75 000 francs, j'imagine en fonction du mal qu'on nous a fait.

5

Après le procès, rien ne va plus, je deviens carrément sauvage. Chez les Chauzain, il y a toujours cet amour que je comprends pas : celui des gens bien élevés.

Je les insulte, je me barre par la fenêtre, je deviens plus que rebelle, mais rien ne se passe : ils me frappent pas, me punissent presque pas. Je me dis qu'ils le font exprès, juste pour me rendre dingue.

Le docteur de l'époque écrit qu'*actuellement Jessica est dans une famille d'accueil très aidante et contenante, laissant peu de place aux débordements.*

Cependant, les processus identificatoires qui permettent d'intérioriser des images parentales structurantes ont été faussés et Jessica agit plus par imitation que par identification. Cet étayage est fragile et cède facilement lorsqu'elle est en dehors de la famille d'accueil, pendant les colonies de vacances par exemple.

L'idée de la sexualité est liée à la violence et à la mort. Elle a un discours pseudo-adulte sur des liens imaginaires amoureux qui ne pourront peut-être jamais se concrétiser à l'âge adulte.

On ne peut que craindre une réactivation des traumatismes subis. En effet, peu de temps avant d'avoir ses premières règles, Jessica a taché volontairement sa culotte avec du Mercurochrome, pour conjurer et maîtriser de façon anticipée l'angoisse de la réouverture d'une blessure toujours vive. Ses règles ont été accompagnées d'une recrudescence de ses tendances exhibitionnistes, vite tempérées par la famille d'accueil.

Je sèche les cours, je vais mater *Dirty Dancing* chez ma pote. Les maths ça me gave, surtout quand monsieur Chauzain me réexplique après. J'ai honte devant lui, de pas comprendre. Je refugue, je vole, je mens, je sens bien au fond que leur vie est pas faite pour moi.

Les mois passent et je vais presque plus en cours, je traîne avec les hardoss du collège qui sont pas dans ma classe. Fini Mozart, je deviens Metallica, avec le look qui va avec : jeans troués ou jogging Adidas, portefeuille avec la chaîne visible, baskets, cheveux courts que je veux me colorer, en gros le style grungy. Je rêve de m'acheter des Doc Martens, mais j'ai jamais assez.

La façon de m'habiller, d'envoyer chier le monde, d'être pas dans le moule, tout ça c'est un ensemble destiné à faire chier les Chauzain. Claquer ma porte quand j'ai envie.

Jessica n'a eu des images parentales, ou substitutives de celles-ci, que violentes, perverses, mortifères ; cette distorsion a été aggravée par le lien amical unissant ses parents aux époux Bellot. Le processus identificatoire nécessaire à la maturation a donc été lui-même gravement distordu par ces circonstances.

Suite au jugement du couple Bellot et à leur condamnation pour avoir réalisé des films pornographiques, Jessica pose de grosses difficultés de comportement en famille d'accueil, conflit aigu en particulier avec la mère d'accueil.

Les Chauzain m'annoncent qu'ils veulent que j'aille en Angleterre cet été-là, faire la jeune fille au pair. Moi je veux rester à Rambouillet avec ma bande. Je sors avec un type, Éric, on a prévu de faire des tas de conneries ensemble. Quand ils me disent que l'Angleterre j'ai pas le choix, c'est réservé, je leur explique que j'ai perdu ma carte d'identité.

Eux aussi sont à bout, j'imagine, ils ont besoin de vacances loin de moi, je le sens et ça m'angoisse. Ils me répètent que comme j'aime l'anglais et l'Angleterre, ça me fera du bien ce séjour. Ils comprennent pas ma réaction, ils doivent trouver injuste mon cinéma : pour eux c'est une belle opportunité, objectivement ils ont raison, mais je suis incapable de voir ça.

En fait la carte d'identité, je l'ai vraiment déchirée et brûlée devant mon mec, pour l'impressionner, lui prouver comme je tiens à lui. Un soir ils en peuvent tellement plus que madame Chauzain décide de me punir, de m'empêcher de voir Éric, alors qu'on a rendez-vous dans le bois avec notre bande. Ça me rend dingue, je la traite de salope et lui mets une gifle. Sauf que c'est elle l'adulte : maintenant elle a une bonne raison de se débarrasser de moi.

6

Je vais avoir quatorze ans en octobre, et mon journal intime commence par ce titre : *Kitty, le journal de Jess*, en hommage au *Journal* d'Anne Frank que je viens de finir de lire et qui m'a trop touchée. Je l'aime tellement cette fille, surtout quand elle prend le train, *ce petit train de la vie* : elle me fait tellement penser à moi.

Sur la première page, à l'emplacement dédié, j'ai écrit mon adresse, celle des Chauzain :

Jessica Martin-Chauzain,
16, rue Turenne
78120 Rambouillet

Comme si c'était chez moi. Alors que ça y est, ils viennent de me renvoyer au foyer de Chessy.

Sur la page suivante, j'ai collé une carte de Joyeuses Pâques des Chauzain : *Que la joie de Pâques surpasse tout et nous donne un cœur de fête.*

Sur celle ensuite, j'ai collé des photos découpées dans *Star Club*, avec écrits les noms au stylo-plume bleu effaçable : Hélène Rollès (d'*Hélène et les garçons*), Jason Priestley (Brandon Walsh dans *Beverly Hills*), Jennie Garth (Kelly Taylor dans *Beverly Hills*), Luke Perry (Dylan McKay dans *Beverly Hills*) et Patrick Swayze (*Dirty Dancing*).

Et à la suite, le premier texte démarre comme ça :

Chère Kitty,

Je vais te raconter ma vie jusqu'à aujourd'hui. Je suis née le 12 octobre 1980 à Paris 19e. Quelques années plus tard mon père était trop alcoolique quand maman était enceinte de Jérémie mon petit frère. Elle a divorcé le 15 mai 1983. Elle accouche de Jérémie à Aubervilliers le 7 août 1983. Puis elle rencontre un homme, M. Pons. Ils se marient. M. Pons ne nous aimait pas (Jérémie et moi) et voulait faire quelque chose pour nous faire disparaître. Le 13 avril 1986 : naissance d'Ashley, ma demi-sœur, elle était chouchoutée vachement. Mais un jour le 19 avril 1989, il y a pas quinze ans : MORT DE JÉRÉMIE.

Tu ne peux pas savoir la tristesse et la vengeance de ce qui s'est passé. Plus tard j'ai appris (je le savais déjà) que j'étais violée par Bellot. Procès : retrouvailles avec Anne, perpétuité aux deux Bellot et douze ans pour le fils. Maintenant ici aujourd'hui je suis au foyer de Chessy car je me suis vengée de tout ça sur une famille que j'aime beaucoup, les Chauzains. Je suis ici et je réfléchis : est-ce qu'un jour je retournerai chez les Chauzains ?

Le 8 juin 94

Je suis au foyer de Chessy avec Karima, Sabrina, Leïla, Imen, Prisca, elles sont sympas.

Le 10 juin 94

Au foyer, j'ai reçu une lettre de ma meilleure copine de collège, Églantine, qui m'a fait plaisir. J'ai très envie de retourner au collège de Rambouillet pour la retrouver elle et surtout Éric. Je m'ennuie beaucoup sans eux et je veux revenir dans la famille Chauzain.

Nadine, Maryvonne, Monique, Stéphanie, Anne, Catherine et Jean-Louis sont mes éducateurs. Je les aime bien. Demain mercredi, il y a : Retour au lagon bleu *à 10 h 50 sur la 4. Je regarderai. Il est maintenant 11 h 27 exactement et dans vingt minutes on va récupérer des enfants, Imen, Leïla, Prisca, Karima, Pierre, à Almont I et II, pour aller jusqu'à la cantine.*

Seigneur, je veux retourner au collège de Rambouillet.

Sur toute la page suivante, le nom d'Éric partout, dans tous les sens, de toutes les manières et couleurs possibles.

Puis cette lettre que j'ai collée, écrite sur du papier jaune d'écolier et signée Églantine, ma meilleure copine au collège :

Chère Jessica,

J'espère que tu vas bien. Moi ça ne va pas du tout car comme tu es partie nous ne savons plus quoi faire.

Et les Chauzain m'ont envoyé une lettre. Il paraît que tu vas partir car Jacques (le père Chauzain), *Renée* (la mère) *et Clotilde* (la fille) *ne veulent plus de toi ? J'espère que c'est faux, car tu es ma meilleure amie. Je n'arrête pas de pleurer à l'idée que tu partes dans une autre famille. J'espère qu'on se reverra bientôt.*

Le 10 juin 94

À 14 heures Mme Tardy est venue me voir et me dire une nouvelle formidable : je vais aller un week-end chez les Chauzains. Pendant ce week-end, il faut que je fasse tout pour me rattraper, c'est-à-dire : 1) Écrire une lettre en leur disant qu'ils me manquent. 2) Être très sympa quand je serai chez eux.

Mais j'ai aussi eu cette nouvelle abominable : je n'irai plus au collège de Rambouillet tant que je serai au foyer. Je me suis conduite comme une CONNE. Je ne sais pas ce que je vais devenir mais j'espère que les Chauzains me reprendront.

Puis une nouvelle lettre de Marie, mon autre meilleure copine, sur papier à en-tête de chats :

Chère Jessica,

J'espère qu'au foyer ça se passe bien, nous ça va à part qu'Églantine est tombée au foot et a des béquilles. Éric pense à toi et aimerait avoir de tes nouvelles. Tu nous manques à tous. Églantine et moi, on s'ennuie pendant les récréations. Le midi on mange avec Séverine, la nourriture ne s'est pas améliorée depuis ton départ !

À cause de cette histoire de foyer, Églantine n'est pas venue au caté, elle a eu tort c'était génial ! Tes parents (les Chauzain pour elle) *ont pensé à toi pendant tout le cours et ont prié pour toi. Ta mère m'a réexpliqué toute l'histoire car j'avais tout compris de travers. On aimerait te revoir ! Donne-nous de tes nouvelles le plus vite possible pour les transmettre à Éric ou écris-lui vite. À bientôt.*

Le 12 juin 94 (suite de mon journal)

Aujourd'hui il y a un nouveau ici qui s'appelle Bilal. Il est pas trop mal. J'ai appris que je vais aller dans un foyer à Serris. Je finirai mon année scolaire là-bas. Mais les Chauzains (depuis le début je les accorde avec un s, comme s'ils étaient un peuple à part) *vont peut-être me reprendre. C'est pas encore décidé car Renée ne veut pas pour l'instant. J'espère qu'avec l'aide de Dieu je retournerai chez les Chauzains s'il veut mon bonheur.*

Le 16 juin 94

Aujourd'hui c'est la journée du malheur : je me suis fait voler ma Game Boy. Mais bon, c'est pas trop grave par rapport à la mauvaise nouvelle suivante : Églantine et Marie m'ont annoncé qu'Éric m'avait laissée tomber ! Je suis très triste car c'est la première fois que j'aime un garçon de cette façon. Je l'aime comme le monde, il est tout pour moi.

Éric m'a déçue. Je savais qu'il ne m'aimait pas comme

je l'aimais. Je sais pas ce que je vais faire : trouver un autre copain, rester célibataire ? En tout cas une chose est sûre, je veux retourner chez les Chauzains, recommencer tout comme avant et… retrouver mes meilleures copines : Églantine et Marie et Éric…

Le 16 juin 94 à 20 h 58
Cher journal,
Je me demande quand je vais retourner chez les Chauzains. Églantine et Marie ce sont mes deux meilleures amies et j'ai envie de les revoir. Par contre pour Éric je sais pas comment faire, si il me plaque vraiment, j'aurai plus jamais d'autre copain, si c'est une blague (ce qui m'étonnerait), je lui sauterai au cou et lui ferai plein de bisous.
Ici une éduc m'énerve : Stéphanie. Sinon : Laetitia Farès, David Faure, Leïla, Imen, Prisca, Karima, David P. (chiant), Sabrina et Sinan sont sympas. Bonne nuit et à demain.

Le 17 juin 94 à 8 h 23
Aujourd'hui je vais savoir si je pars à Serris. Si oui, je fais ma valise, si non, je ne sais pas combien de temps je resterai. J'ai vraiment envie de me suicider à l'idée qu'Éric m'a plaquée. Moi je l'aime toujours et je l'aimerai tout le temps. Églantine et Marie vont me téléphoner pour me dire comment ça s'est passé. Je ne sais pas ce que je vais faire. Mais j'ai vraiment envie de retourner chez les Chauzains.

Là s'intercale une nouvelle lettre, sur papier blanc à lignes, d'une autre copine, Cynthia :

As-tu reçu ma lettre que je t'ai écrit samedi dernier ? Églantine m'a dit que tu t'étais fait opérer de la pindicite, j'espère que ça s'est bien passé et que tu n'es pas restée longtemps à l'hôpital.

Éric va très bien et moi aussi. Clotilde t'a écrit une lettre mercredi. Ta sœur m'a dit que tu n'allais plus revenir à notre école, et donc qu'il ne fallait plus t'envoyer tes devoirs puisque tu restes là-bas. Je suis triste. C'est Marie qui va partir à ta place en Angleterre.
Big bisous.

Et juste dessous il y a ce mot que j'ai ajouté pour dire combien j'aime Éric :

J'ai été obligée de tourner cette page qui me paraissait si solide, mais qui était en fait tellement fragile, elle allait me faire tellement mal, et pourtant je n'ai pas hésité, je le regretterai peut-être, je me rends compte que je l'aimais à mourir. J'ai pris la décision qui convenait avec des regrets à jamais.

Et puis ce poème pour Éric :

Maintenant que tu m'as laissée tomber
Je voudrais t'oublier à jamais
Mais ton nom est encore gravé
Dans mon cœur que tu as déchiré
Ah si tu savais
Combien de larmes j'ai versées

Pour te garder à mes côtés
Mais tu m'as laissée
Et depuis le temps s'est arrêté
Je ne vis que de souvenirs
Dans l'espoir de te voir revenir
Et c'est à toi Éric
Que je dédie ce poème
car je t'aime.

Puis une photo d'Hélène Rollès (d'*Hélène et les garçons*), ma chanteuse préférée, et sur la page de droite, des photos d'Églantine et Marie en noir et blanc.

Le 21 juin 94 à 7 h 57
Aujourd'hui je suis au foyer de Serris et je m'y sens bien, je commence peut-être à accepter. J'ai une chambre individuelle avec lavabo, armoire et bureau. Ici, il y a Angélique, Coralie, Élodie, Natasha, Gaëlle, Sabrina, Jennifer. Elles sont toutes très sympas. Hier on a fait des perles, c'était super !

Le 27 juin 94 à 20 h 31
Ce soir je me suis fait punir par les éducs car cette nuit on a été chez les garçons.

Le 06 juillet 94 à 20 h 37
Aujourd'hui il y a une nouvelle qui s'appelle Nadia. Je voudrais retourner dans la famille Chauzain et je vais en parler à l'éduc.

Le 13 juillet 94 à 20 h 19

Aujourd'hui on a fait les Jeux olympiques d'été : j'ai gagné une coupe super belle. Les Chauzains me manquent beaucoup et j'espère retourner dans la famille.

Puis ce poème à leur gloire :

C'était une famille
Bien plus qu'une famille
C'était mes amortisseurs
non pas des planeurs des sauveurs
toujours prêts à m'écouter
toujours prêts à m'aider
ils étaient d'une extrême gentillesse
Pareils à une déesse
Mais qui, pensez-vous, sont ces saints ?
Bien sûr, ce sont les Chauzains.

7

Clotilde ma sœur adoptive m'écrit aussi à cette époque-là que depuis que je suis partie, madame Chauzain est pas bien, elle est rentrée dans une espèce de secte, ils ne la voient plus, elle passe son temps à méditer.

Une fois madame Chauzain m'appelle : Je suis fatiguée, Jessica, c'est pour ça que je peux plus te garder. Je lui demande si c'est définitif. Elle me dit : Tu comprends, ça fait trop pour nous, même si on t'aime. Même si dans nos cœurs tu seras toujours notre fille.

Après Ferrières puis Serris, je finis l'été 94 dans une nouvelle famille d'accueil, à Grasset, dont j'ai aucun souvenir. Il y a pas d'autre enfant que moi, ils me louent des vidéos, je les regarde à la suite. Puis en septembre je réintègre le foyer de Serris.

Le 11 septembre 94 à 2 h 47

Cher journal,

Aujourd'hui c'était chouette car on a vu les voitures de course où couraient David Hallyday et sa femme. Je passe de très bons moments au foyer. Je vais faire équitation et gym. Les Chauzains me manquent et mes parents aussi.

Progressivement les relations reprennent avec les Chauzain :

Le 30 septembre 94 à 21 h 12

J'ai perdu il y a deux jours MON stylo-plume Kookaï et MA brosse. J'ai pleuré. Je fais de la danse classique et le 9 octobre je vais chez les Chauzains. Je me suis acheté un agenda Cats. J'ai passé un examen gynécologique et j'ai fait le test contre le sida, réponse : je ne l'ai pas.

Le 02 octobre 94 à 21 h 14

Ce soir j'ai regardé Le Grand Bleu. *Je pleure car j'aimerais bien vivre avec les dauphins. Je les adore. Je veux retourner dans la famille Chauzain + dauphins.*

Le 12 octobre 94 (date de mon quatorzième anniversaire)

Dimanche quand je suis allée à la patinoire vers 14 h 30, devine qui c'est qu'il y avait ? Samir, mon ancien copain de Ferrières. Il a drôlement grandi, il est encore plus mignon que d'habitude. Il a dû me trouver moche. Je sais pas ce que ça va donner à Noël ! En tout cas une chose est sûre, si je devais choisir entre Éric et Samir, je prendrais Samir, au moins lui il me prend pas pour sa petite chienne et il fait attention à moi même si je suis pas belle.

Dimanche, je vais chez les Chauzains, chouette, non ? J'en ai marre de ce foyer, je veux avoir une vraie famille où je peux avoir confiance en eux : les Chauzains. Qu'est-ce que ça va faire drôle de passer Noël sans eux !! Ça va être très dur pour moi. C'est une famille sur qui je peux compter, je peux tout leur confier, pas comme avec mon référent. Il m'écoute pas, je le déteste ! Il veut pas me faire de mot pour l'école. Allez, je vais te laisser. Signé : *Jess, dite Cul de bébé.*

Une fois par mois je suis en week-end chez les Chauzain. J'aime bien, c'est un bon rythme pour nous, on est heureux je crois de se revoir, de chanter en faisant la vaisselle. Mais ça c'est juste un bon souvenir. En fait je comprends qu'il y a vraiment pas moyen qu'ils me reprennent, que les choses redeviennent comme avant.

L'assistante sociale écrit que *de nouveau Mme Chauzain se trouve en difficulté avec Jessica qu'elle n'arrive plus à cadrer sur son domicile à Rambouillet. Elle sort avec des amis de son âge tout le week-end, ils la voient très peu, ils n'ont plus aucun rôle éducatif et se vivent comme l'hôtel-restaurant de Jessica. Mme Chauzain craint les représailles de Jessica (colère violente, fugue...). Pour ne pas se retrouver en situation de violence vis-à-vis d'elle, ils préfèrent arrêter l'accueil de week-end dès le début de cette année scolaire.*

Cet été-là au village de vacances SNCF, j'ai fait des crises, je supportais plus leurs règles, pas pouvoir me saper avec mes jeans troués, pas pouvoir fumer, tout ce que j'ai droit de faire au foyer.

En plus les Chauzain essaient maintenant de me remettre à la religion, que je rejette totalement. Je refuse les psychologues, les aides, je leur en veux de m'avoir abandonnée, je ressens une énorme déchirure, deux forces opposées en moi : une voix me dit la chance de les avoir rencontrés, une autre qu'entre eux et moi c'est l'amour impossible.

XI

1

Du foyer de Serris, je garde que de bons souvenirs. Je dirais que c'est la meilleure année de ma vie.

Dans un rapport daté du 23 février 1995, une assistante sociale écrit que *Jessica (14 ans) est intelligente, sensible, passant de l'enthousiasme à la tristesse d'un instant à l'autre. Elle exprime de mieux en mieux son ressenti dans sa situation avec optimisme pour son avenir, même si elle a des moments d'inquiétude. Elle est active et sportive. Elle investit beaucoup l'école, elle veut être professeur de langue plus tard. Ses résultats scolaires sont en concordance avec son travail qu'elle essaie de faire régulièrement.*

Le foyer est situé dans la ZAC de Serris, au 5, impasse Antelme, une grande et vieille maison tout près du collège François-Villon et juste à côté de cet Intermarché que j'adore encore aujourd'hui, où ma sœur Ashley a fumé sa première Marlboro, où j'achète chaque Toussaint les fleurs pour Jérémie.

À Serris on se sent bien parce qu'on est entre nous, il y a pas d'injustice car on est tous pareils, avec les mêmes problèmes. C'est ça le plus important. Douze gars, douze filles, H24 ensemble, sans week-end ici ou là pour nous séparer.

Dans la classe, on invente des métiers à nos parents : *astronaute*, *montreur d'ours*. Ou bien on met *prisonnier*, ou *bandit*, on trouve ça amusant.

Niveau look on est pas non plus habillés comme les autres. Les élèves parlent de *ceux de l'Impasse*, pour eux ça veut tout dire. Mais à chaque fois qu'il y a une remarque de travers, nous les orphelins, les pouilleux, on s'y met tous ensemble : on les attend à la sortie, ils y passent un par un.

Deux fois l'année, en septembre et janvier, la DDASS nous verse l'argent de la vêture. Pas énorme, mais on fait pot commun et on va à l'Inter s'acheter des petites choses.

On regarde tous *Hélène et les garçons*, mon actrice préférée c'est Manuela Lopez, qui joue le rôle d'Adeline, et les séries AB Productions, *Premiers baisers*. À la salle télé tout le monde veut voir ça. Pareil pour la musique, tout ce qui est à l'eau de rose on adore : les 2Be3, les Worlds Apart, les Spice Girls. Moi je m'identifie à Geri Halliwell, la rousse, la plus rebelle et en même temps la plus sexy. Mais dans les chambres on écoute aussi Nirvana, les Fugees, Passi, Mc Solaar, Ophélie Winter, NTM, IAM.

Un jour une nouvelle fille débarque. C'est ma Véro, bouboule, cheveux courts, garçon manqué. D'abord personne en veut, personne lui parle. Alors moi je la prends sous mon aile.

À Serris j'ai ma chambre perso. D'autres filles sont à plusieurs, mais moi non. Avec Véro on se met à faire des conneries géniales, à mettre des somnifères dans les cafés des veilleuses de nuit pour dévaliser les frigos. Quand le matin on est convoquées, vu que la cuisine est retournée, personne se dénonce.

Les week-ends, on part en fourgon Ford avec Jean-Luc, notre éduc. On est huit là-dedans, avec nos sacs et nos duvets. On part voir les 24 Heures du Mans, ou juste rien faire au bord de l'eau, se raconter nos histoires de mecs à épisodes. J'en ai encore de beaux souvenirs. Une fois Jean-Luc me dit : Tiens Jess, prends la carte routière et choisis où on va. Alors moi, sans regarder, je laisse tomber mon doigt, je sais même plus où. Ce qui est sûr, c'est que cette sensation de liberté, c'est un bonheur qui s'oublie pas. En plus on a le droit de fumer.

Les tâches ménagères, on s'arrange, les petits copains aussi. Moi j'ai Christophe, Sébastien, on se les échange sans problème, dans le mouvement. Véro veut celui-là, Sonia veut Christophe, on met les somnifères on se retrouve au jardin, mais jamais que du flirt, pas de sexualité.

On est toujours hors règle, hors norme. On prévoit des vengeances pour les éducs qu'on aime pas. On fait tout pour qu'ils partent. Par contre ceux qu'on aime bien, on leur saute dans les bras. Le mercredi il y a activités sportives et groupes de parole. Claudine, notre éduc, est passionnée de psychologie. C'est une vraie gentille, qui nous ouvre bien la tête. Toute cette période, je l'écris dans mon journal :

Le 27 février 95
Hier, Christophe m'a plaquée mais pas grave, je l'aimais plus comme avant, c'était pas l'homme de ma vie. Il sort avec Véro.

Le 17 mars 95
Véro a quitté Christophe heureusement pour elle ! Quel con ce mec ! Je sors avec Anthony et demain j'ai rencard avec lui ! Mais j'ai quand même les boules !

Le 24 avril 95
Hier je me suis remise avec Christophe : JE L'AIME.
L'amour au hasard
m'a jeté un regard
sur toi, l'homme que j'aime
et j'ai prié pour que tu reviennes
tu es revenu
et quand je t'ai vu
je me suis jetée dans tes bras
parce que c'est toi
l'homme que j'aime

Puis pas mal de pages arrachées, sûrement le plus important, et collée à la suite, cette lettre de Véro :

Salut Kitty (le nom de mon journal intime)

J'espère que tu prends bien soin de Jess car j'y tiens plus que beaucoup. Bon je me présente je m'appelle Véronique, j'ai eu 13 ans le 20 septembre 95 et je suis née en 82.

Le 25 août 95 on a fugué avec Sébastien son petit copain, je t'en parlerai tout à l'heure. Sonia Jess et moi. Seb, il a 17 ans, ils s'aiment ces deux tourtereaux que j'en ai marre de tenir la chandelle. Tu sais peut-être pas mais Jessie et oim on a failli se battre et pourtant on est sœurs. Quand elle m'a dit pourquoi elle est dans un foyer j'ai pratiquement chialé, je vais écrire un poème je suis pas tellement douée, mais je vais essayer :

Jessica ton prénom
a beaucoup de talent
n'est pas moche
et super sympa
sauf quelques fois où tu
es super méga chiante
à ma sœur Jessica.

Puis le 3 octobre 95, là c'est moi qui m'écris à moi-même :

Salut Kitty,

Aujourd'hui il s'est passé pas mal de choses : tout d'abord j'ai quitté le foyer de Serris. J'ai été vachement triste mais toute bonne chose a une fin. Le 4, Sébastien se tire dans une famille d'accueil. On a marié Jean-Mi et Milki le 1er. C'était cool. Merci mon Dieu pour cette belle vie que tu me donnes. Demain je vais à Meaux. Salut.

2

L'amour au début tu imites, tu découvres la force que ça te donne, le mal que ça peut te faire. Tu y comprends que dalle mais tu souffres en fonction des besoins et des manques, et moi je prends puissance 10 comparé à une ado classique. J'ai ce trou sans fond à remplir, creusé à la naissance, asséché à l'enfance, qui arrête pas de s'étendre.

Au début tu commences par la domination, et puis ça dégénère et tout se transforme en peur, surtout quand tu es dans un environnement fragile. Tout est remis en question, ton existence, ta volonté de vivre, juste à coups de regards. Florian mon ex-mari, c'est juste là qu'il arrive dans ma vie, quand l'amour devient une arme, qui peut te sauver ou te détruire, et je comprends maintenant que c'est pas le hasard.

Il m'intéressait pas, mais je crois qu'il incarnait cette fausse sécurité : ce pseudo-amour inconditionnel de nos séries télé. Moi je l'aimais pas, mais j'étais persuadée que lui si, qu'il ferait tout pour moi. Même quand j'étais avec d'autres mecs, que je me foutais de lui. C'était mon mec roue de secours, mon assurance-vie. Il avait cette volonté de m'aimer que je comprenais pas, mais qu'au fond j'appréciais. Et dans le nouveau contexte de Meaux, après l'année à Serris, pour moi c'était énorme, sans que j'en sois consciente.

Parce qu'à partir de Meaux, ma vie change de niveau : elle devient hardcore. Autour de moi, que des filles à fort caractère, qui tapent dur. Des squales de quartier, avec beaucoup de vengeances.

J'ai plus ma chambre perso, je suis à trois avec des pires que moi. Natasha c'est dramatique, elle fume de la coke, elle est hyper violente, complètement shootée. Comme on sait jamais ce qui va arriver, on est toutes H24 sous pression, en mode guerre de tranchées.

Dès la rentrée ils m'imposent un travail avec un psychologue, pour me canaliser. Mais moi j'ai pas envie de parler. Je me souviens sa tête au psy, monsieur Saïd. T'es qui toi ? je lui dis. Je crois que je lui pète ses lunettes au troisième rendez-vous, tellement il m'exaspère. Et comme ça finit par se savoir, je me forge une réputation.

En fait j'ai pas le choix, il faut que je me fasse respecter. Parce que Magalie, Ophélie, Anissa, Myriam, elles ont pas fait chorale : la messe avec la petite Clotilde, je dois vite oublier.

En gros il y a le clan des filles qui se laissent faire, et celui de celles qui se laissent pas faire. D'abord j'essaie d'être centriste, de me trouver des copines des deux bords, mais certaines me trahissent, c'est dur à accepter.

Finalement je comprends que j'ai aucune alternative, et je décide d'être avec les rebelles : je suis pas une tapette, et donc c'est moi qui tape. Parce que je sais faire, parce que c'est plus facile pour ma sécurité. Et parce que je refuse d'être une victime.

Comme je suis fan des Spice Girls, j'ai les posters au-dessus du lit. Un jour une fille fait exprès de mettre du Tipp-Ex dessus. Je rentre du collège, je vois ça, je sais de suite que c'est Anissa, une brune. Qui c'est qui a mis le Tipp-Ex ? je demande. Anissa : C'est moi, pourquoi, t'as un problème ?!

J'attends une heure, une heure et demie, qu'elle fasse ses devoirs. Je me souviens ses cheveux frisés. J'attrape sa touffe et je la cogne contre le radiateur, jusqu'à ce que ça saigne.

Heureusement, on part souvent en vacances, notamment au ski. Je passe tous les diplômes, très vite. L'été on va à la mer, deux trois semaines, avec nos éducs je me souviens, dont un black qui a un nom génial, Aimé Mondoigt, ça nous fait bien marrer. Et puis mon préféré, Samir Haddad, de nationalité juive, un petit chauve à petit ventre, avec ses chemises à fleurs et son Opel Tigra cabriolet : je suis sa chouchoute.

Mais quand on rentre au foyer, les affaires reprennent. On a chacune nos placards avec ce qui est à nous, ce qu'on a de plus précieux : notre maquillage, nos petites affaires. Certaines par vengeance prennent des ciseaux et découpent à la vandale, ou piquent les kits des autres.

On se donne rendez-vous pour se taper. Souvent à

la sortie du collège : on évite au foyer. On se bastonne pour des soupçons de vol, des embrouilles de mecs, un qui va sortir avec deux en même temps. On attend la fille et on la démonte.

Il y a Magalie, moi, Natasha, Anissa : les grosses têtes. Et puis les effacées, les victimes : Carole, Alexandra, Anne, qui subissent. En vrai elles font pitié, parfois certaines ça se voit qu'elles ont des soucis psy, qu'elles sont atteintes. Par exemple Carole, une blonde à lunettes, avec ses tocs improbables, qui a toujours sa pile de cotons-tiges sur sa table de nuit, rangée au même endroit, de la même manière.

Dès qu'elle parle ça se sent qu'elle est faible. Elle obéit au doigt à l'œil : par peur. J'ai pitié de ça, mais on la rackette quand même, par facilité. Je me rends compte que c'est nul et j'ai honte, mais pas le choix : je dois prouver.

Le week-end les faibles vont dans leur famille, elles ramènent des trucs. Les vols ça commence dès le dimanche soir. Le lundi matin, fini, plus rien à faucher.

Moi aussi j'ai peur la nuit de me faire voler, alors je planque tout, et je garde le plus précieux sur moi. Natasha, cette folle furieuse, on peut jamais savoir quel sheitan va la posséder. Une fois dans la chambre elle m'attend, cachée derrière la porte, et elle me cogne à mort. Pour aucune raison fiable, donc je m'y attendais pas. Un mois plus tard c'est moi qui arrive à bien l'esquinter.

Après il y a aussi les effets de meute. Souvent ça finit

au studio de danse, à coups de poing, de pied, d'ongles : comme les filles savent se battre.

Tout le temps que je passe à Meaux, je suis couverte de bleus. Heureusement je fais beaucoup de gym : trois heures le mercredi, trois heures le samedi. Mais comme j'adore le sucre, je reste un peu bouboule, on se moque de moi, sans parler de l'acné.

Un jour à la cantine, je suis avec Natasha et Magalie, il y a aussi Anissa, Myriam et Marquise de l'autre côté, et ça commence à se moquer de mes boutons, à parler de *la calculatrice*. Puis Anissa, avec sa cuillère, me balance de la purée dans les cheveux. Direct je me lève, coup de poing dans sa face. Natasha se mêle et ça va jusqu'au sang, toute la vaisselle par terre, de gros dégâts, jusqu'à ce que les éducs arrivent pour séparer.

Marquise, c'est un garçon manqué, mais elle respecte les règles. Pour elle ce qui compte le plus, c'est son amour des pitbulls, et écouter du rap : NTM, IAM, les Fugees. Son mec a un pitbull et c'est ce qu'elle veut aussi : un gros chien de combat qu'elle pourra bichonner. Aujourd'hui je sais qu'elle a au moins trois chiens, et toujours pas d'enfant. C'est sa passion depuis toute petite.

Magalie, elle, c'est la plus belle du groupe. D'origine africaine, on passe de grands moments ensemble. On est total d'accord sur les conneries à faire, comme piquer dans la caisse ou fuguer. Souvent on reste pudiques entre nous, toujours dans la méfiance : pas divulguer ses failles. Mais Magalie se confie un peu à moi, elle me voit pas comme une rivale. Elle aussi se traîne une enfance en carton, toute percée, malgré son rire de fête et son méchant corps fatal. Alors moi aussi je lui raconte : ma sœur Ashley qui s'épanouit apparemment dans sa famille d'accueil, mes parents en prison. À un moment elle m'avoue qu'elle a jamais connu son père. Je lui dis que moi tu verrais le mien, j'ai jamais eu cette chance.

3

Contrairement à Serris, Meaux est un foyer de semaine : on doit tous dégager le week-end, avec ou sans famille. Alors ils m'en trouvent une de plus, agréée : monsieur et madame Bélaïche, de Nanteuil.

Eux dès le début je comprends que c'est juste pour l'argent ce business d'accueil. Dès que j'arrive ils m'expliquent qu'il leur en faudrait deux de plus comme moi pour arrondir les fins de mois. Quand l'assistante sociale passe, ils me changent de chambre pour qu'elle soit bien contente : ça se voit qu'ils ont l'habitude.

Florian est le meilleur pote de Karim, le fils aîné des Bélaïche. Les parents m'avertissent : Florian il faut pas que tu le fréquentes, c'est pas quelqu'un de bien, c'est un cancre, un bagarreur fou. Évidemment ça me donne qu'envie de le connaître, on se met à sortir ensemble. Plus précisément il devient un parmi d'autres. À l'époque je suis pas monogame, même si d'ailleurs il y a pas encore de sexe.

Comme le foyer c'est la guerre permanente, je finis par préférer les week-ends à la semaine, aussi grâce à

Florian, en tout cas au début, quand les Bélaïche me laissent encore sortir. Il a son clan sur Nanteuil, ils se connaissent tous depuis gosses, je me mêle. Ça me plaît cette banlieue pavillonnaire, mais avec des gens dedans pareils qu'aux tours, à Meaux.

Quand il y a des bastons, notamment contre les gars de Beauval pas très loin, c'est le même esprit cité. Meaux-centre contre Beauval, Beauval contre Nanteuil, match aller match retour. Florian est un des chefs, il se laisse pas marcher dessus. Sauf qu'il a des problèmes de dos, tout le monde le branche sur ça, mais moi je prends sa défense.

Florian a un scooter, on part se balader. Quand il y a des descentes de Beauval, avec les fusils, Florian c'est le premier à y être. Pas armé, par contre avec toujours un truc dans sa voiture, un morceau de bâton. À seize ans il prend la bagnole de ses vieux et il a peur de rien.

4

À Meaux le foyer a une porte de secours : c'est par là qu'on fugue. On se réfugie dans les tours, à Beauval, et souvent on dort dans les cages d'escalier. Pour manger on va à la boulangerie où le foyer prend son pain et on explique qu'on a été envoyées chercher des gâteaux. Mais ça marche pas longtemps.

Quand on s'échappe, c'est souvent avec Magalie, Myriam, une fois avec Natasha, et aussi Véronique qui m'a rejointe de Serris après s'être fait virer. Une fois on se planque à la Pierre-Collinet, une autre cité pas loin. Une fois on va sur Chessy en fraude, on se cache des flics. Ils traînent dans une voiture banalisée, habillés en survêt. Petit à petit on devient pro de la fugue, c'est excitant et flippant, une fois ça dure quinze jours, mais les flics nous retrouvent. On évite le collège. De toute façon l'école ça se passe trop mal.

Janvier 1996, j'ai quinze ans, il fait un froid terrible, on traîne, on va voler, faire la manche dans le centre de Meaux, comme c'est jour de marché. Mais vite la nuit tombe, et on sait plus quoi faire. Depuis une semaine qu'on vivote à la rue.

On croise Kévin qui nous dit que ses parents sont pas là, qu'on peut venir dormir. On a froid et faim, on veut juste s'abriter, mais lui il veut sa récompense, alors je me sacrifie.

C'est ma première vraie relation sexuelle, il me fait hyper mal, il a aucune douceur. De toute façon je suis trop stressée pour apprécier, je m'imagine les flics dehors, qui nous cherchent et me trouvent avec lui, je suis un peu en panique. Mais c'est ça ou la rue, avec le froid et les risques : on apprend le mode survie.

Toute la journée on traîne, on taxe des clopes, de la bouffe, moi je fume pas de shit, Magalie si. On se trouve des fringues, un endroit où se doucher. On fait nos vies de SDF, avec des couteaux pour se défendre. La galère ça apprend. Après quand tu es au chaud, tu te dis : j'ai de la chance.

En mars-avril, je sais plus, comme on se retrouve encore en chien pour trouver où dormir, on monte se réfugier sur le toit d'une des tours, sur les galets qui couvrent les HLM. On fume, on boit, et à un moment Myriam dit : Mais en fait qu'est-ce qu'ils font là, ces galets ? Comme si les toits des pauvres avaient pas droit aux tuiles. Comme si un architecte s'était dit : au lieu de se prendre la tête à leur faire un vrai toit, on va recycler des vieux cailloux ramenés des côtes bretonnes. Et personne viendra se plaindre. Je me souviens qu'on se marre d'en parler.

Mais il y a aucune mer ni océan là-haut sur les tours, aucun dauphin pour te parler d'avenir. C'est juste horrible de dormir sur ces pierres qui te rentrent dans le dos. On a l'air d'âmes en peine, en tas les unes sur l'autre, grelottantes, avec Paris au loin en lampe de chevet, qui scintille. On fait pitié et pourtant on est ensemble, on se dit qu'on est quand même mieux ici qu'ailleurs, que ces galets c'est notre petite plage à nous, notre île déserte loin des éducs, du foyer et des familles d'accueil.

5

J'ai quinze ans et demi, et le 3 juin 1996 une requête est déposée par le directeur de l'Aide à l'enfance, demandant la déchéance parentale de nos parents, dans l'idée de nous protéger d'eux.

Je me souviens que je réagis très mal : je me mets à tout casser.

Le dossier revient sur l'événement, le divorce d'Alain mon beau-père et Sylvie ma mère, expliquant que c'est moi qui l'ai incitée à divorcer, parce que *Jessica en veut beaucoup à M. Pons Alain.*

Le document dit aussi que *Jessica n'a pas compris véritablement ce qui a conduit au meurtre de son frère ; elle met surtout en cause la méchanceté de son beau-père. Elle reconnaît une part de responsabilité à sa mère, cependant elle est tout à fait opposée à la déchéance parentale : « J'ai besoin de la voir ; elle m'a aidée à grandir ; elle reste ma mère. » Et elle ajoute qu'elle est prête à l'héberger lorsqu'elle sortira de prison.*

Ensuite le document se focalise sur ce que je vis à l'époque, et la situation n'est quand même pas brillante :

En 1996, Jessica a connu une période difficile où elle était angoissée ; elle ne voyait plus sa sœur, sa mère et son père, à la suite de disputes. Elle s'est repliée sur elle-même et pleurait beaucoup. Elle n'a cependant pas eu d'idées de suicide. Cette mauvaise période a disparu.

Mais tout n'est pas sombre : *Jessica se trouve maintenant en classe de seconde professionnelle : elle espère obtenir un baccalauréat professionnel en hôtellerie-restauration. Ce métier lui plaît.* Et c'est vrai qu'à l'époque j'avais laissé tomber l'idée de faire prof d'anglais à cause de mes résultats, je pensais que ce serait trop difficile, je m'imaginais serveuse dans les beaux restaurants, avec un bel uniforme, c'était ça mon nouveau trip.

Par ailleurs, elle a fait de la gymnastique durant un an et demi ; elle aime le cinéma et les sorties en discothèque. À la télévision, elle regarde surtout les séries.

Pour l'avenir, elle aimerait avoir une famille, des enfants, et vivre comme si rien ne s'était passé.

Elle se décrit comme sociable ; elle aime les contacts ; elle n'est pas timide, contrairement à sa mère. Mais elle est également assez têtue ; elle n'aime pas être commandée et veut rester indépendante.

Elle assure n'avoir jamais eu de difficultés sentimentales ; elle fréquente son ami actuel, Florian, depuis sept mois, qui est âgé de 16 ans et se trouve en classe de 3e. Elle aime son caractère : il se montre souple, l'écoute et elle a confiance en lui. Elle a eu des rapports sexuels avec lui sans difficulté.

Concernant la déchéance de parentalité, Ashley ma petite sœur a elle aussi été interrogée, et je découvre dans le dossier comment elle voit les choses, ce qu'elle pense par exemple d'Alain et Sylvie ses vrais parents, qu'elle visite deux fois par an au parloir :

Ashley décrit son père comme un homme très gentil : elle lui parle très facilement de ce qu'elle fait ou de ce qu'elle a vu à la télévision. Elle lui a également montré ses dessins et il l'encourage à devenir dessinatrice. Il est fier d'elle. Le contact avec son père est plus facile qu'avec Jessica. Mais il ne parle pas non plus des faits.

Au total, elle les aime tous les deux; elle a été peinée d'apprendre qu'ils allaient divorcer mais elle s'y est faite. Lorsqu'ils sortiront, elle les accueillera volontiers : « Ce sont mes vrais parents, c'est mon sang, je n'ai pas honte d'eux. » Elle reconnaît cependant qu'elle les connaît finalement assez peu. Il est à relever qu'il lui a été difficile de les décrire sur le plan psychologique.

Puis le document en vient à notre relation entre ma sœur et moi : *L'entente avec Jessica est bonne; c'est pour elle une sœur. Mais elles ne parlent pas des faits, car Jessica pleure lorsqu'elle parle de Jérémie. De ce dernier, Ashley ne peut dire que très peu de choses : elle a vu sa photo; il s'agissait d'un garçon blond aux yeux marron. Un jour elle est allée voir sa tombe mais cela ne l'a pas beaucoup affectée car elle n'a aucun souvenir de lui.*

Enfin *Ashley est au courant de la procédure de déchéance parentale et sait en quoi ça consiste. Elle trouve cela « dégoûtant » : elle n'est pas d'accord; elle veut que ses parents continuent de s'occuper d'elle; ce sont toujours ses parents, même si étant incarcérés elle les voit peu. Ils restent pour elle une référence : lorsqu'elle n'arrive pas à faire ses devoirs, ou qu'elle a le cafard, elle regarde la photo de sa mère ou de son père et après ça va mieux.*

L'expert en conclut que la déchéance d'autorité parentale ne serait pas une bonne idée : *Ashley demeure très attachée à ses parents dont elle garde une image positive. Jessica garde aussi une image positive de sa mère, même s'il existe parfois une certaine ambivalence et une inversion des rôles, car elle se considère parfois comme coupable de ce qui est arrivé à Mme Pons. Dans le contexte, rien ne permet de penser que le maintien des droits d'autorité parentale puisse constituer pour elles un danger.*

6

Ce week-end-là, toujours en 96, je suis encore enfermée chez les Bélaïche et je tombe par hasard sur France 3 sur un artiste chinois venu travailler à la prison de Nantes. Je trouve ça bizarre : Sylvie ma mère m'en a jamais parlé. Elle qui adore la peinture et se vanter de ce qu'elle fait.

La série de tableaux de l'artiste est intitulée *La Prisonnière* : de grands visages de profil, en noir et blanc. Il explique qu'il voulait faire des portraits de condamnés à mort, mais comme la peine de mort est périmée en France, il a dû se rabattre sur les longues peines, et pour pimenter un peu il a choisi une prison de femmes. Il dit ensuite qu'il en a rencontré cinq : Jacqueline, Mireille, Agnès, Marie-Noëlle et Sylvie, *des femmes condamnées à de lourdes peines, mais des femmes qui assument, parce qu'elles sont passées à l'acte.* Cette phrase je m'en souviens, et de la douleur qui va avec. Comme une brûlure : il suffirait de passer à l'acte pour qu'on t'admire, pour devenir une héroïne ?

La voix off explique que chacune a pu réaliser,

d'après photo, le portrait d'un proche. On voit quatre femmes de dos, avec ce peintre qui leur parle. Aucune correspond physiquement à ma mère. Mais comme elles sont censées être cinq à l'atelier, j'imagine que Sylvie doit être aux toilettes.

Ensuite on découvre les peintures des détenues. Je me demande qui ma mère a choisi de dessiner. D'abord on nous montre des visages en noir et blanc, très moches, de garçons. Je pense à Jérémie, mais ils sont trop vieux pour être lui, des ados plutôt que des enfants, à moins qu'elle ait tenté de l'imaginer maintenant, comme s'il vivait encore.

Puis on voit à l'écran en gros un visage de fille qui sourit, l'œil gauche beaucoup plus haut que l'œil droit. J'imagine que la détenue a voulu faire de son mieux, mais comme elle est nulle en peinture le dessin est raté, sa fille ressemble au monstre des *Goonies*. Comme si elle s'était pris un bus, et que des chirurgiens bourrés avaient recollé les morceaux à l'arrache. Presque j'ai envie de rire, de me moquer. Mais tout d'un coup je me prends une parano et je me dis que c'est peut-être ma mère qui a fait ce dessin. Qu'en fait c'est moi là qu'elle a peinte, en essayant de bien faire, mais sans pouvoir s'empêcher de me défoncer le visage. Que c'est peut-être pour ça qu'elle s'est pas vantée du reportage : elle voulait pas que je voie ça.

Pour me calmer je sors fumer une clope, je regarde les nuages, et là direct Jérémie m'apparaît, en bel ado bien habillé, comme dans un manga, calme, revenu de tout : Ne fais pas attention à elle, il me dit. Ce n'est pas de sa faute.

Le lendemain au foyer on décide de refuguer, pour plus avoir à subir un autre week-end chez nos familles d'accueil.

Les Bélaïche me refusent de voir Florian, me privent de sortie, j'en peux plus de jouer à la Sega avec le fils de dix ans, je supporte pas de passer mon temps avec ces gens, qui me voient juste comme une pompe à fric.

J'en parle à monsieur Haddad, avec qui j'échange beaucoup : je lui raconte mes dimanches soir, quand ils se débarrassent de moi à l'internat, pour ensuite aller se faire un McDo tous ensemble.

Pour Noël, le grand fils reçoit les clés de sa 309, le petit des jeux de console, et moi un briquet et une chemise en soie. La même que je verrai la semaine suivante, chez Lidl, en faisant les courses avec Josiane, ma future belle-mère, à quatre francs cinquante.

Les Bélaïche, chaque jour chez eux me fait sentir à quel point je suis rien. Des gens dans le paraître, toujours après l'argent. Heureusement qu'il y a leur grande fille, Stéphanie. Quand elle revient le week-end, elle leur dit : Si Jessica est avec Florian, il faut juste l'accepter, il y a rien à y faire.

Florian je sais pas encore que ça va être mon mari. J'ai seize ans, pour moi c'est une histoire d'ados. Mais lui il est hyper sérieux dès le départ, il s'accroche, il veut m'aimer. Moi je veux pas, il faut que je fasse plein d'expériences. Je me dis : qu'est-ce qu'il a ce mec à s'accrocher comme ça ? Ah ouais, toi tu m'aimes ? Mais qu'est-ce que c'est l'amour ? Je sais pas faire, moi. Je sais pas que l'amour il faut que l'autre te respecte, t'apprécie comme tu es, te fasse des massages. Pour moi la norme c'est que tout le monde se tape dessus.

Dès le début je me sens étouffée. Mais les copines me disent qu'il est bien, qu'on est trop faits pour être ensemble. Elles sont jalouses parce qu'il se tape des kilomètres en scooter pour me voir : pour elles c'est la preuve qu'il est droit, qu'il tient à moi. Mais moi je suis pas convaincue, tout en sachant pas non plus comment en finir, et si je veux vraiment le quitter, lui et sa mère, qui est devenue une confidente.

Je vois Florian le week-end, mais je suis avec quatre autres mecs la semaine au foyer, à Meaux. Il l'apprend, il me fait des crises de jalousie. Je lui dis que c'est comme ça, qu'il doit me partager. Mais lui dans sa tête de malade il me voit déjà comme la femme de sa vie.

Ce que j'apprécie surtout, c'est que sa mère est gentille, elle me laisse dormir le week-end, dans le salon, quand je fais des crises pour pas retourner chez les Bélaïche. Au moins Josiane, elle, est pas payée pour me garder. Je me dis qu'elle le fait de bon cœur, et au début c'est sûrement vrai.

7

Pour quitter totalement le foyer et les Bélaïche, il me faut un projet : je fais une demande de logement. En attendant, je vis avec les filles dans un appart-test, un F5 à Beauval réservé juste pour nous, pour apprendre à s'autonomiser, gérer un budget de courses, cuisiner sa propre bouffe. J'y passe quelques mois, je deviens très indépendante. Le ménage, l'ordinaire, pas de problème : au contraire, j'adore ça.

Ensuite les Chauzain me prennent pour les grandes vacances, peut-être pour s'excuser de m'avoir abandonnée. Dans mon journal intime du 18 août, je note qu'aux Sables-d'Olonne *j'ai rencontré des ados très cool, les trois premiers que j'ai connus s'appelaient Marine (15 ans), Gill (16 ans), Rémi (17) ensuite Pierre (16 ans), Sally (17 ans). Les animateurs étaient cool. Il y avait une base nautique gratuite à notre disposition et j'ai enfin appris à faire de la planche à voile et c'est génial. Je suis sortie avec Franck deux jours et quand nous sommes partis, c'est-à-dire lundi 12 août, j'étais déçue. Puis nous sommes allés dans un CCAS à La Tranche-sur-Mer deux jours, c'était assez nul, et après à La Rochelle où nous avons découvert son aquarium magnifique mais malheureusement pas de dauphins.*

Ce sera mes dernières vacances avec eux. Puis des pages arrachées, de 58 à 67.

Quand je pense à la violence en moi, je la vois comme cette bonne copine qui te fait tout le temps des crasses. J'accepte parce que c'est elle, mais parfois elle devient gênante. Elle me fait honte elle aussi.

À moi elle fait moins peur qu'à certaines personnes, parce que je la connais. Mais quand tu sors avec et qu'elle se montre sans prévenir, c'est horrible à vivre, surtout devant les autres.

J'ai moins peur de la violence qu'on peut me faire que de ma propre violence. Je redoute tout le temps de finir dans le cycle, dans la reproduction : à faire ce qu'on sait faire, et surtout ce qu'on peut. C'est une malédiction. Le destin m'a fait naître dans cette famille de gens.

Violence est cette amie que je fréquente depuis toute petite. Je dis Violence, mais je pourrais l'appeler Violaine, Violaine ma sœur jumelle, ma copine de terreur, ma confidente d'angoisse, qui me bouffe l'énergie, l'attention, comme si je me transformais en un petit mammifère pourchassé par des buses.

Violence, c'est aussi un lieu sale et confort, où je me sens chez moi.

Violence, mon doudou de mal de ventre.

Chez les Chauzain j'étais mal, je crois, parce qu'ils

n'ont pas la violence que je connais. Leurs énergies négatives n'ont pas de réponses concrètes, d'expressions reconnaissables : avec leurs mots sans actes, leurs allusions pourries. Ils te transforment une gifle en un truc moche et flou, un reproche mal placé dans une phrase, alors que ça devrait t'assommer au niveau de l'oreille droite.

Les Chauzain sont des gens sans tranchant, qui ont pas d'actes appropriés à ce qu'ils veulent exprimer. Qui s'interdisent cette colère en chacun de nous, notre haine des autres. Mais sans les coups, comment ça se dit ? Comment tu la prononces ?

Les Chauzain s'énervaient pas en voiture. Ça me rendait dingue. L'été, même si un type leur faisait une queue de poisson, ils restaient impassibles. Alors que tout le monde est à cran au volant, a des envies de meurtre. Eux non, c'est ça qui me troublait, qui était louche au final. La voiture, normalement c'est le lieu où tu peux pas tricher, camoufler. Mais eux, si.

XII

1

Finalement ils me prolongent mon contrat Accueil jeune majeur, et à dix-sept ans et demi j'obtiens mon premier appart, un studio en centre-ville : 2 *ter*, rue des Meuniers à Villepinte, pas loin de la prison de mon beau-père. Je quitte le foyer, je suis heureuse, même si je laisse Myriam, Natasha, Véronique.

Le contrat est valable jusqu'à mes vingt et un ans. En contrepartie je paye mon loyer et je dois juste pointer à un suivi psychologique. Comme j'ai seulement 2 000 francs de bourse, je trouve du boulot chez Eurodisney, trois jours par semaine déguisée en Donald, le seul costume qui reste. Mais ça me va très bien, je suis contente de ce qui m'arrive.

L'année scolaire d'avant, j'ai validé mon CAP en hôtellerie-restauration, mais cette rentrée je décide de changer de voie. Je m'inscris en bac pro accueil-assistance-service, pour aller dans le tourisme, ma vraie passion.

Florian s'installe chez moi, paye sa moitié de loyer, au début tout va bien, il bosse en intérim. Mais assez vite la relation devient compliquée. Il est violent, fume trop de shit, passe tout son temps libre avec sa bande de potes foncedés de Nanteuil, alors qu'avec ma pote Sophie rencontrée à cette école, on a envie d'autre chose. Ou sinon chez sa mère Josiane, qui passe son temps à le défendre maintenant quand je la vois, alors qu'il vient d'avoir dix-huit ans. Sans parler de son grand frère, Laurent, qui vit toujours chez elle, avec qui Florian est proche. Un vrai cas psychiatrique, diagnostiqué bipolaire.

Laurent a sept ans de plus que Florian. C'est le spécialiste des crédits dans le dos, des mensonges. Il est homo depuis toujours et son père marocain pouvait pas l'accepter, alors il s'est acharné, mais tous les coups de ceinture qu'il lui a mis ont rien amélioré. Je pense qu'il a encore plus dégusté que Florian : le père a commencé par lui. Le jour de l'enterrement de son vieux, il paraît qu'il pouvait plus s'arrêter de rire, tellement il était heureux. Personne savait ce qu'il avait pris.

Pour compenser d'être aussi mal dans sa peau, il est toujours à se faire valoir, avec son humour lourd qu'il étale aujourd'hui sur Facebook : des vidéos pourries de blagues de types qui font des chutes. Josiane, comme avec Florian, est hyper protectrice avec lui. Elle passe tous ses caprices. Pour elle, ses garçons c'est sa vie. De toute façon elle a rien d'autre, depuis des années qu'ils s'ignoraient avec son mari, en continuant de vivre sous le même toit, et même de faire chambre commune, avec leurs deux petits lits séparés tristes. Laurent a tellement aucun respect qu'il écrase ses clopes sur les rebords des meubles en bois verni, que Josiane a payés des années à crédit, avec son seul argent elle insiste. Laurent c'est une boule de douleur, un grand corps mou qui stagne et veut rien faire, qui attendait que les réseaux arrivent pour y enfouir son existence.

Un soir on est devant la télé, Florian à son 25e pétard, total déchiré comme d'hab, et je me mets à me plaindre, comme quoi demain je me lève tôt pour mon parloir trimestriel. Pas que j'ai pas envie de voir ma mère, juste la flemme. Et là Laurent qui me lâche : Tu sais, Jess, une mère on en a qu'une. Le père par contre ça peut être n'importe quel fils de pute.

Elle me fait cogiter cette phrase, venant d'un type comme lui, toujours méchant normalement. Et surtout il me dit ça d'un air hyper sérieux, alors que normalement il fait que des blagues mesquines, des petites vannes vicieuses. Je me dis que là il y a peut-être une sagesse cachée, comme si pour une fois dans sa vie il avait réfléchi à quelque chose d'important.

Jérémie, quand il a fallu *passer à l'acte*, c'est ma mère qui était là, pas *n'importe quel fils de pute*. Mon beau-père faisait mine de rien, c'était juste un fils de pute comme les autres, à se faire son délire d'Hells Angel dans sa tête d'alcoolique. Il y a tellement rien à attendre des pères, c'était peut-être ça la morale de Laurent.

Ensuite ça m'a ouvert un autre sens : que les hommes encore une fois sont pas responsables, parce que conçus comme ça, chiens de la casse à la base. Que c'est donc pas leur faute mais la faute de leurs mères, toutes ces *putes* qui ont des enfants victimes d'elles, ces aguicheuses qui vivent de leur cul, parce qu'elles savent bien ce qu'ils veulent tous, vu qu'elles les ont conçus.

Et puis j'ai entendu encore autre chose : qu'en fait on a tout le pouvoir, nous les mères, qu'on n'est pas *n'importe quel fils de pute*. Qu'on décide du sort du monde et de la vie sur terre. Mais j'ai pensé à la mienne, là-bas dans sa cage nantaise, qui a rien décidé : c'était peut-être pour ça qu'il fallait que j'y aille le lendemain, au parloir, pour lui dire qu'elle est toujours ma mère, lui donner l'illusion qu'il lui reste au moins ça.

Est-ce que je l'ai trop aimée ? Comme si c'était le problème. C'est idiot, on ne peut pas trop aimer. C'est bien d'aimer, même trop. Ça montre que j'en étais capable.

Est-ce qu'elle méritait que je prenne soin d'elle ? Est-ce qu'on aime ceux qui le méritent ? Est-ce que je l'ai aimée au point de pas voir le mal ? C'est surtout ça le problème. Je me punissais en l'aimant. Je l'aimais pour ma peine, par culpabilité, parce que je me sentais complice.

Est-ce que je l'ai aimée parce qu'elle m'a épargnée ? Pour la remercier de pas m'avoir noyée ? Non, je pense pas, au contraire. On aime pas pour survivre. C'est autre chose l'amour. Tuer c'est survivre, aimer c'est vivre.

Des fois je me dis que si j'étais pas née, mon frère aurait été l'aîné, elle l'aurait mieux protégé. Ok mais si j'étais pas née, j'aurais pas pu le protéger. Le protéger ?

Est-ce que je l'ai réellement protégé ? Est-ce que ma protection a été efficace ? Est-ce que j'ai servi à quelque chose ? Non, vu le résultat. Je le protégeais sans l'aider, parce que j'étais pas vraiment mère. Jérémie subissait, moi j'étais juste là, spectatrice.

2

L'année 1998, ma belle-mère Josiane a décidé de fêter la fête des Mères. Alors elle invite tous les gens qu'elle connaît, nous la famille mais aussi les voisins, Béa et son fils handicapé que pourtant elle supporte pas.

Avec Florian on passe à l'hypermarché et on arrive avec un gros bouquet de fleurs. Ça doit pas faire dix minutes qu'on est là quand Laurent part en vrille. Il en pouvait plus d'attendre, j'imagine, alors il passe à l'attaque : Tu fais chier, Jess ! Tu laisses traîner tes culottes sales ! Puis à sa mère : J'en ai marre qu'elle balance ses tampons n'importe où quand elle vient ! Qu'elle me prenne mes chaussettes ! Alors qu'il fait du 48, et que ça doit être la deuxième fois seulement que je viens faire une lessive chez eux, étant donné qu'on a toujours pas de lave-linge.

De rage, il attrape le saladier de piémontaise et me le balance dessus. Tout le monde s'écarte, comprend que ça va partir en live et se casse à la cuisine, mamie compris. Restent moi, Laurent, Florian, comme une scène de western, mais vraiment petit budget.

T'es jaloux ? je lui dis. Je te pique ton frère, c'est ça ? Il attrape le couteau de cuisine. Je vais te tuer ! il me dit. Florian regarde la scène, sans rien faire pour me défendre. Alors du haut de mon 1 mètre 56, je lui fonce dessus. Il m'évite comme il peut, lâche le couteau, sort de la maison, s'enfuit en scooter. Et Florian tout du long qui se marre. J'appelle Sophie : Viens me chercher, j'en peux plus de cette famille ! Elle : Commence à marcher, je te rejoins.

Dix secondes plus tard, Laurent se fracasse au rond-point. Ensuite tout le monde m'accusera de l'accident.

Moi je marche et dans ma tête je percute que mon mec a pas réagi. Qu'il croit m'aimer, qu'on vit ensemble depuis presque un an, mais que cette famille, elle est soudée, que j'en ferai jamais partie : je suis pas de leur sang. Josiane cette raciste qui tolère pas les étrangers, alors que son homme est marocain. Qui se croit culturellement supérieure. Qui souligne les fautes d'orthographe des profs, qui défend ses garçons quoi qu'ils fassent, qui leur dit jamais non.

C'est vrai qu'elle m'a récupérée, m'a permis de me casser de chez les Bélaïche. Mais je me mets à douter de son amour, de sa sincérité depuis le début. Elle m'aide puis me rejette, peut-être qu'elle s'en fout de moi au fond. Pour elle je suis que la meuf de son fils.

Florian plus tard me le dira clairement : Je peux pas choisir entre toi et ma famille. Au début je croyais : s'il m'a pas défendue contre son frère, c'est qu'on l'a jamais fait pour lui. Lui le leader, le caïd que tout le monde craint. Mais la vérité c'est juste qu'il pense qu'à lui, car c'est comme ça qu'on élève les garçons : pour qu'ils piétinent le monde.

Enfin Sophie débarque avec sa vieille 205, alors que ça doit faire trente minutes que je marche à ruminer. T'sais quoi, elle me dit, on va passer à autre chose, oublier ces tarés et sortir s'éclater. Et puis plus tard : Florian c'est pas possible que tu acceptes ce qu'il te fait.

J'entends ce qu'elle me dit, je sais qu'elle a raison, mais pour moi c'est pas grave par exemple les insultes, ou une gifle de temps en temps. C'est même rassurant : j'ai juste ce que je mérite, je suis au bon endroit. J'irais où de toute manière ?

3

Les mois suivants avec Florian ça devient de pire en pire. Sophie veut m'aider à le quitter, dans notre formation tourisme il y a un certain Thierry, brun aux yeux bleus, mignon. C'est Sophie qui va faire le rapprochement, après on se débrouillera sans elle.

Thierry lui s'intéresse à moi : Le mec te tape, tu restes avec ? Mais pourquoi ?

Une soirée d'août 99, alors que Florian doit venir avec nous en boîte, il décide au final de rester se défoncer chez un pote. De toute façon il fait que ça, picoler, fumer, moi je fais ni l'un ni l'autre, je suis vaccinée de naissance.

Plusieurs fois je le préviens : Florian, j'en ai marre ! T'es jamais là ! Tu fais aucun effort ! Et Sophie qui me répète : Pense à toi. Alors avec Thierry, ce soir-là, on sort ensemble, et de cette relation sexuelle va naître David, mais je le sais pas encore.

Trois mois plus tard, quand j'arrive au parloir, je suis malade, je vomis. Pourquoi que t'es en retard ?! Ma mère m'engueule alors que je suis trop mal. Écoute, je suis désolée, j'ai eu un retard de train. Mais elle s'énerve contre moi : Si t'es malade, t'as qu'à pas venir au lieu de me faire attendre !

Une semaine après, on a parloir téléphonique : Maman, j'étais malade parce que je suis enceinte. Direct elle pète un câble : Comment ça se fait que tu me l'aies pas dit avant ! Elle croit que je lui ai menti, qu'au parloir je savais mais que je voulais pas lui dire.

Elle veut que j'avorte, moi je veux le garder, je suis sûre de moi : avec un enfant, je crée ma propre famille, je deviens ma propre mère. Mais dès le départ, je refuse que l'enfant soit de Thierry. On avait mis une protection. Pendant douze ans ça dure : non, impossible, alors que je sais. Il faudra le test ADN sous les yeux, bien plus tard.

Je reste pas avec Thierry, on doit coucher deux fois ensemble, mais encore aujourd'hui j'ai de ses nouvelles, il me dit qu'il aimerait voir son fils. Je lui dis : Tu sais, David est majeur maintenant, tu peux le voir quand tu veux.

Florian est dans le doute, il en parle à sa mère, qui me fait une sale scène. Moi aussi je doute, tout Nanteuil va bientôt être au courant, Florian va souffrir de ça. David naît le 11 juin 2000, il met trois ans à le reconnaître. Quand je pense que l'idée au début c'était que Florian se barre grâce à Thierry. J'ai dû faire une erreur tactique.

4

Un week-end on part en Bretagne, avec David bébé, Florian, Josiane et une cousine handicapée, tous dans la R21 blanche que je me suis achetée du procès des Bellot, qu'on vient enfin de me payer. En passant l'idée c'est de voir la grand-mère en prison. Mais Florian a pas fait le voyage à vide : le coffre est plein de je sais pas combien de kilos de shit, pour ravitailler une rave, et son pote Jules qui habite par là-bas attend notre arrivage.

On voit ma mère, tout se passe bien, mais quand on revient sur le parking de la prison, plus de R21. Je me décompose, je commence à trembler, à paniquer, je vois toutes les conséquences, jusqu'à ce qu'on découvre que la voiture est à la fourrière. On s'y rend, pas de souci, Florian paye, on reprend la route, on passe chercher le pote Jules à Concarneau, on s'approche de la rave et là, contrôle de douane.

Je me redécompose. Jules devient blanc, Florian lui au beau fixe : teint d'endive de saison.

Pièces d'identité. Le douanier dit à Florian : Vous avez du shit sur vous ? Florian sort une boulette : Oui, j'ai ça. Le douanier jette la boulette : Vous avez autre chose ? Non. Mais c'est là qu'il appelle le chien. Je me dis là c'est sûr on va tous en prison. Je lève la tête au ciel, je regarde un nuage, je cherche Jérémie, mon Dieu pourvu qu'il se passe quelque chose, un miracle, et juste à ce moment-là mon vœu s'exauce en forme de fourgon Volkswagen rempli de jeunes beatniks. Les douaniers les arrêtent et nous laissent repartir. Le chien a pas le temps de nous griller.

Plus loin le deal se fait, mais j'ai du mal à redescendre : je me suis vue à la place de ma mère, David au parloir.

En plus à quoi il servait, cet argent de sa drogue ? À faire les courses, mettre de l'essence, sortir en boîte ? Je savais jamais combien il y avait, j'avais pas la main dessus, donc non à part quelques cadeaux, un peu d'électroménager, ça nous améliorait pas la vie.

Je retombe enceinte d'une fille, cette fois sûre de Florian. La grossesse, je bosse chez Auchan à vendre du fioul par téléphone, pour j'espère intégrer le secteur Voyages, mon projet de départ. Florian se bouge, enfin surtout sa mère, pour nous trouver un appart plus grand, et finalement on déménage dans un T4 pas cher d'une tour au 11e étage, à Meaux, aussi pour être plus près de Nanteuil.

Jade naît le 4 septembre 2001. Je prends beaucoup de poids, je m'aime plus. Florian me traite de baleine, de grosse vache, me dit que je pue, que je lui fous la honte.

Ma vie se résume à courir le matin avec ma poussette double, des fois l'ascenseur en panne, les onze étages à pied, puis boulot, le soir récupérer les gosses, les préparer pour le lendemain. Jade a du mal à dormir, je suis tout le temps explosée de sommeil. Mais le pire, je viens d'avoir vingt et un ans, je vois les copines qui sortent, Florian qui voit ses potes : pour moi fini tout ça. Juste bonne à aligner les biberons. Et puis élever des enfants c'est leur donner des racines et des ailes, leur faire partager un vécu, alors que moi je veux surtout rien leur léguer, vu le vécu que j'ai, donc je les gâte pour compenser, je leur donne ce que j'ai pas eu, des tas de cadeaux inutiles, des gadgets qui se cassent tout de suite. Jade je l'ai énormément pourrie, j'ai mal fait les choses, et même David aussi. Alors qu'en plus on avait pas grand-chose souvent pour boucler les fins de mois.

Des fois Sophie me les garde, mais elle pense surtout à s'éclater, elle a aussi mon âge. Florian bosse dans une usine d'agroalimentaire, à la chaîne ou à la livraison, toujours à vingt-cinq joints par jour. Mais bordel, c'est quand que tu vas te réveiller et devenir adulte ? je lui dis. Il est blanc comme un cadavre, obnubilé par la beuh qu'il fait pousser dans l'entrée, qui pue sur trois étages, avec H24 tous les cramés du coin qui défilent à notre porte.

5

Novembre 2001 : cette Toussaint qui fait tout basculer.

Après l'épisode de Solcy avec la secrétaire de mairie et le croque-mort, on débarque donc en famille à la prison de Nantes. Sylvie ma mère a tricoté une espèce de veste bébé verte et blanche horrible pour Jade. Je le sais pas encore mais c'est la dernière fois que je la vois, et ça a pas l'air d'aller. Elle me dit qu'elle a des soucis de santé, qu'elle s'est fait opérer. Elle tremble un truc de fou, quand elle me prend Jade des mains.

David a un an et demi et il est super brun : il ressemble à Jérémie et à Thierry, pas du tout à Florian. Il monte sur les genoux de ma mère et je suis mal à l'aise. La gardienne passe un couteau pour couper le gâteau. Comment ça se fait, je me dis, qu'il y ait des armes ici ? Comme Sylvie tremble, je lui dis de me laisser faire : C'est moi qui vais couper. Je crois aussi que c'est à cet instant que je comprends qui elle est, juste avant de lire le dossier et d'en avoir la preuve.

Ma mère, on lui donnerait le bon Dieu. Elle fait tellement businesswoman, toujours bien habillée, coiffée, vraiment elle tranche par rapport aux autres détenues : on pourrait pas penser que c'est une meurtrière.

Quelque temps après ce parloir et ma prise de conscience, je tombe sur l'émission *J'ai décidé de maigrir*, du docteur Cohen, avec cette fille qui a perdu 30 kilos. Je revois en flash ma mère qui tremble et je décide de me lancer, de redevenir belle.

Finie l'odeur de pisse d'ascenseur : je me fais les onze étages à pied. Je mange plus que des protéines : jambon, œufs, poisson, matin midi et soir. Pas de légumes, pas de dessert, je suis drastique. Il y a des carences, ça a été prouvé après, personne fait plus ce régime. Psychologiquement c'est compliqué, mais je tiens bon. J'ai que cet objectif et besoin de plus penser, d'oublier le dossier que je viens d'avaler, de me mettre des œillères, me purifier.

Le régime devient ma seule vérité. Josiane et Laurent vivent avec nous maintenant, depuis l'incendie. Les gens autour de moi sont contre moi. Josiane insinue des choses : elle se doute que David n'est pas de Florian. Je dois me protéger d'eux, être forte, construire mes défenses.

Je me maltraite, j'ai faim, mais c'est rien à côté du reste. Je vois que je maigris, que je réussis enfin quelque chose, que j'y arrive. Je dis aux enfants : Ascenseur ou escalier ? David : Salié ! Salié ! Eux voient ça comme un jeu, la montée, la descente. Je pue la sueur, elle coule hors de moi, elle me quitte, en quelques mois je perds vingt kilos, je suis plus une baleine, un cochon. Florian se remet en mode jaloux : Je vois bien ton petit jeu, tu vas retourner draguer ! Il pense que je maigris pour le tromper, que je fais ça contre lui dans sa parano de camé.

Escalier boulot escalier. Quand je rentre ma belle-mère est chez nous, dans le noir absolu de sa télé, comme son fils mais les joints en moins. La journée elle va encore travailler, heureusement, sinon elle fait rien, elle est juste là, tandis que moi j'avance, au boulot ça s'améliore, je suis toujours chez Auchan, mais maintenant en agence de voyages. J'adore conseiller les gens, leur donner des renseignements, leur réserver de belles destinations : l'eau bleue, les palmiers. C'est comme si je m'évadais. Je leur parle de la flore, de la faune, de mes dauphins chéris.

Pour nous motiver, l'entreprise propose des challenges en interne : tu vends tant, tu as un séjour gratuit. Je gagne une semaine au ski à La Plagne, Josiane nous garde les gosses. Puis dix jours à l'hôtel pour deux en République dominicaine. Sauf que Florian est malade chaque fois. On nous sert des langoustes qu'il peut même pas manger.

Un jour je décide de changer la serrure. Je lui dis : Maintenant, tu dégages, toi et ta famille. Mais ça marche pas, je lui rouvre, j'ai peur, je le croise qui se tasse à vendre son shit en bas de l'immeuble, avec sa mère qui dépérit et son frangin débile. J'arrive pas à me défaire.

6

À la suite du dossier, j'ai cette liste de numéros à appeler. Je recontacte l'oncle Jacky du côté de mon vrai père, mais je bute contre un mur : l'alcoolique sans espoir. Il me passe la grand-mère, là non plus, rien à faire. Elle a tellement de mal à chaque mot, j'imagine comme des aphtes dans la gorge, et c'est sec.

J'appelle ensuite tante Catherine, la sœur de ma mère. Je prends rendez-vous et vais la voir avec David et Jade bébés, chez elle à Ozoir-la-Ferrière, dans sa grande maison de bourge.

On est bien reçus, les enfants reçoivent un œuf Kinder. Je lui dis : Je suis là parce que j'ai des questions. Et elle : Je savais que ce jour arriverait. Moi : Est-ce que tu peux me donner des détails ? Elle : Ta mère, je la vois plus, c'est ignoble ce qu'elle a fait. Et là elle me sort des anecdotes du passé, quand on venait manger chez elle, qu'on était affamés, qu'on se ruait sur le repas, qu'elle en avait pitié mais qu'elle avait pas les moyens financiers à l'époque de s'occuper de nous : Vous mangiez comme dix, mais moi aussi j'avais mes enfants à nourrir.

Pendant toute sa tirade je l'observe, elle est mal ça se voit, sa honte lui sort des yeux. Bettina, sa fille, la cousine de mon âge, sait plus non plus où se foutre. Je sens bien qu'elle essaie de s'excuser, mais sans trouver les mots, en s'enfonçant dans le mesquin. Je lui demande si elle a des photos de nous et surtout de Jérémie. Elle me dit : Non, aucune. Comme si on existait pas. Mais on existe, on est là devant toi, comme preuve de ta lâcheté.

On doit rester une heure. Quand on part, j'ai encore plus la rage. Catherine physiquement ressemble beaucoup à Sylvie ma mère : fine, brune, même style faux. Ensuite je la repasse en mémoire, dans son beau quartier chic, avec ses meubles vernis. Elle sait qu'elle aurait pu nous adopter, nous éviter d'être des enfants de la DDASS. Mais elle l'a pas fait, parce qu'elle pensait qu'à elle.

Ensuite j'arrête de chercher, je fais le baptême de David, je me recentre sur nous. Mais j'ai un goût amer, cette vieille boule d'injustice qui me remonte et me met hors de moi.

Quelques années plus tard, quand je suis en contact avec l'équipe de *C'est mon choix*, je leur parle de cette tante, mais ils s'en foutent d'elle. D'ailleurs c'est là que je prends conscience que ni ma mère ni ma tante se sont jamais excusées. Elles sont dans la manipulation, elles ont jamais appris que les autres existent. Quand ma mère a compris que je savais tout, elle a seulement coupé les ponts, elle pouvait rien faire d'autre.

Alors la semaine avant que passe l'émission, j'écris à sa codétenue, Gisèle : Regarde le *C'est mon choix* de 20 h 20, sur France 3 jeudi prochain. Et ça a pas loupé, toute la prison a vu le programme. Après ça, pour protéger ma mère, ils ont dû la mettre quinze jours au mitard. Dans une prison de femmes, les infanticides sont jamais très bien vus. Avant l'émission, elle était avec les prisonnières classiques, après ils l'ont changée de bloc : elle cantinait avec la femme d'un tueur en série, l'« Ogre du Pilat ».

Eux ont fait de l'audimat, et moi aussi j'avais mes mauvaises raisons : parce que ma mère m'avait jamais vue comme autre chose qu'un problème. Après ça elle pourrait plus raconter n'importe quoi.

La chaîne m'a rappelée la semaine suivante, pour savoir si j'avais pardonné à ma mère, et pour que je participe à un show sur le pardon. J'ai dit : Non, ça suffit. Ensuite Christophe Hondelatte, qui était sur le plateau au direct, m'a proposé un *Faites entrer l'accusé*, mais j'étais trop écœurée de ce monde de la télé, de ce fond de teint qui colle après, qui te laisse plus vieillir.

7

Depuis des mois avec Florian on en peut plus de vivre dans cette tour, à Meaux. Sans parler de vivre ensemble. Lui veut se rapprocher encore plus de ses potes, sa famille. Moi j'ai le vertige quand je fume au balcon, les escaliers c'est bon j'ai eu ma dose. L'idéal ce serait un rez-de-chaussée, quelque chose de plus stable.

On fait une demande de logement social à la mairie de Nanteuil. Quelques mois après, j'y retourne pour voir où en est le dossier et on me dit : Vous savez, votre problème, c'est que vous travaillez, donc vous êtes pas prioritaires.

À l'époque, je me fais aider par une femme de ménage qui vit dans la tour, une voisine. Blonde, âgée, qui passe son temps derrière sa fenêtre. Seulement elle est pas sérieuse, elle nous pique de l'alcool et on s'en aperçoit, elle s'excite sur l'aspi en disant qu'il marche pas, alors qu'elle fait que picoler.

C'est Josiane je crois qui a l'idée. Ou Florian. Il y a toujours chez eux le réflexe de la gruge, les fausses fiches de paye pour les prêts, les faux contrats pour toucher les aides. Là le truc c'est de proposer à cette dame de nous faire un faux certificat d'hébergement pour avancer le dossier.

Direct ça marche, réponse positive de l'Office HLM : un pavillon de trois chambres, 90 mètres carrés pour 400 euros, l'idéal. Mais juste après l'emménagement, on se retrouve convoqués : elle nous a dénoncés. J'explique notre situation, les deux enfants, la famille. Je joue tout le cinéma. Finalement ils nous laissent le logement. Mais ce flip de la rue : on est pas passés loin.

Après ça pour Florian, tout devient simple, il connaît tout le monde, la beuh pousse dans une chambre et dans la serre de chez sa mère à côté, au milieu des tomates. Il devient aussi moins violent avec moi : maintenant on dirait un légume.

Je m'évade avec Sophie. Elle m'apprend à conduire pour pouvoir nous ramener, avec sa vieille 205, vu que moi je bois pas d'alcool. Par contre elle, c'est l'inverse. Comme sa mère a été dans le coma à partir de ses neuf ans, elle a été élevée par sa tante Claudine, qui faisait ça que pour le fric, défoncée au pastis tous les soirs. Mais contrairement à moi ça l'a pas dégoûtée, et c'est ça qui la tuera, la 205 dans un platane. Comme j'ai pleuré ce jour-là. Et tous les jours suivants. Mais Sophie est pas morte. Elle est restée en moi, elle me guide : elle dialogue dans ma tête, elle me donne ses avis. Parfois on est pas d'accord, mais elle m'aide tout le temps.

À l'époque elle se cherche, elle garde ni ses boulots ni ses mecs, et toujours hébergée chez sa tante. Plus tard elle rencontrera Charles, ils s'installeront ensemble et ce sera la catastrophe.

On va en boîte, on aime bien. Toujours la même, le Chabada, à une heure de route. Une boîte pépère de campagne, t'as de tout, de la techno au madison. Sophie se torche la gueule, on danse, on s'éclate, on retrouve un peu de jeunesse, on pseudo-drague sauf quand Florian est là, elle toujours défoncée, moi en mode jus de fruits illimited.

On va aussi au chalet de sa tante, pour le week-end, avec Florian, Adil, Fati, les caïds de Nanteuil. Sophie se met à sortir avec Fati, un Turc promis à une femme là-bas, ce que je lui explique. Du coup ça casse le couple, Fati se met à me détester, il dit à tout le monde que je porte le mauvais œil. Il me fait flipper mais je veux pas qu'elle s'accroche : je veux la protéger. Même si sur le moment elle m'en veut, elle est bien dégoûtée.

Sinon Adil, l'autre meilleur ami de Florian, c'est un vrai fou furieux. Aujourd'hui il est en taule, il a planté des gens à coups de couteau, kidnappé et séquestré un type pour une affaire de shit. Mais Florian c'est son monde : les bagnoles de sport, les vols, les affaires. Je suis jamais rassurée. Il y a tout le temps des guéguerres entre clans. Poincy, juste à côté, qui maintenant vise le marché de la drogue dure, Trilport qui s'y met aussi. Florian se fait pas choper, il s'en tient à la beuh, et personne ose le balancer.

Malgré tout on se marie en juillet 2003, une belle fête. D'ailleurs c'est moi qui demande Florian en mariage : j'ai besoin de cadre, d'engagements clairs, pour mes enfants aussi, et qu'il reconnaisse David.

Le mariage change rien, tout continue pareil. Le petit train-train est en place, boulot banlieue bambins, cinq ans comme ça rien de neuf, la drogue au milieu de tout, les histoires de quartier, les embrouilles entre amis, les petites haines ordinaires liées aux coups de fatigue.

Puis un jour les flics débarquent au sujet des amendes de Laurent. Depuis des années que Florian conduit sans permis en se faisant passer pour son frère. En plus ils découvrent ses plantations. Il vaut mieux pas traîner.

Je vais avoir vingt-huit ans, Josiane décide de vendre la maison de Nanteuil, moi je me fais muter à l'agence de Narbonne, et on achète un pavillon à côté de Lézignan. Tous ensemble, comme une vraie famille. Et même Véro, une ancienne pote de foyer avec qui je suis à nouveau proche, a prévu de nous rejoindre. Elle en peut plus de Paris, ça se passe mal avec son homme. Par contre Sophie pas pour l'instant, et finalement jamais.

Tous ensemble on émigre dans le Sud-Ouest, on quitte enfin le 7-7, et je laisse tout derrière moi, je garde même pas un gramme de nostalgie. Cette *ceinture* elle me serrait, je pouvais plus respirer.

XIII

1

Ma vie maintenant inclut l'élément eau. J'ai encore peur des baignoires, des piscines, des espaces fermés : prendre un bain ça reste l'aventure. Mais je suis à l'aise en mer, finies les vives ou l'angoisse de me noyer, elle est devenue mon composant vital, autant que l'air.

Chez moi j'ai collé des petites plumes bleues partout aux murs, et le lampadaire de l'entrée est une boule de plumes blanches. Je réconcilie l'air et l'eau : ils me calment et m'emmènent ailleurs, dans un monde parallèle.

Chaque fois que je monte en bateau, la mer s'apaise, coïncidence ou pas ? Je suis en connexion, on se fait du bien toutes les deux. Le flux et le reflux, j'ai compris récemment : quand j'appelle les esprits, je transvase l'air et l'eau, inspiration, expiration, le flux et le reflux sont notre respiration.

Sur le mur de la chambre, en plus des plumes, j'ai collé en lettres bleues : « Fais – de – ta – vie – un – rêve », du plafond descendant jusqu'au niveau de la tête de lit, et sur le mur d'en face : « d'un – rêve – une –

réalité ». Et plein de stickers de dauphins sur le miroir coulissant de l'armoire. Pour moi le rêve, comme la réalité, a cette texture d'eau traversée par des dauphins.

Un matin, six mois après l'installation dans le Sud, j'apprends que ma mère vient de sortir de prison. Le choc, la panique, à plus savoir comment je m'appelle. Ma première réaction : qu'elle approche pas mes gosses, qu'elle cherche pas à les revoir.

J'annonce la nouvelle à Florian : ça le fait rigoler. Je me souviens, il est avec un pote à fumer des pétards. Il voit pas que je tremble, que je suis mal. Cet homme a pas évolué depuis ado. Pour lui je suis acquise, il sait pas me protéger.

Comme j'ai besoin de parler et que je connais personne, grâce à Ashley ma sœur avec qui petit à petit j'ai repris contact, qui vit avec son mec en banlieue parisienne, je m'inscris sur Netlog et je rencontre Clément, un flic de Bayonne. Il m'écoute, j'apprécie, petit à petit ça devient une relation amoureuse. Notre histoire dure cinq mois et je fais bien en sorte que Florian l'apprenne.

Mais Florian, qui me faisait cocue de son côté j'ai appris plus tard, a une réaction imprévue : il se met à en parler, à alerter des amis communs, et même monsieur et madame Chauzain, en expliquant qu'il croit que j'ai un problème psy, qu'il veut m'aider, que selon lui je suis malade. Autour de moi tout le monde s'indigne de ma conduite, et lui ça devient : oh le pauvre Florian, quel mec bien. Je reçois une lettre de madame Chauzain, qui m'accuse de mettre en péril notre mariage, me juge plus bas que terre. À partir de ce courrier c'est la fin de quelque chose d'important entre moi et Renée, ma mère d'adoption : elle refuse de comprendre, elle se fige dans ses principes.

Puis Florian se venge ouvertement, avec une autre fille. Il rentre plus à la maison, je me retrouve toute seule avec mamie Josiane qui déprime elle aussi, à m'occuper des petits.

Comme je m'ennuie, je me trouve d'autres mecs sur le net. Avec eux je m'invente une vie. J'ai pas d'enfants, pas le même nom, des tas de passions extraordinaires. Je leur parle de dauphins dont je suis propriétaire, dans la mer Égée. C'est pas la première fois que je délire comme ça. À chaque crise, je mens, j'invente n'importe quoi, à plus savoir qui je suis. Pour un gamin c'est normal, pour un adulte non.

2

Un après-midi, je suis à mon bureau à l'agence, une dame âgée, grande robe, s'installe en face de moi. Je lui demande si c'est pour un voyage. Elle me dit : Non, il faut que je vous parle. Elle m'explique qu'elle a un message : Votre environnement est toxique, je vois une femme, maman de deux garçons, qui vous veut du mal. Et elle insiste : Protégez-vous.

J'en parle le soir à Florian. Lui : Elle t'a demandé des sous ? Il lui restait des dents ? La semaine suivante, une voisine, qu'on appelle « la Gazette », qui a même pas d'autre nom dans le lotissement tellement elle est pipelette, vient me voir : Jessica, je veux pas foutre la merde, mais Josiane ta belle-mère est venue chez moi pour me dire que tu es un boulet, que tu trompes son fils, que tu as des problèmes psy, qu'il faut que tu te fasses soigner.

Sur le coup je dis rien à Josiane, puis quelques jours après je lui balance tout. Elle nie pas, elle me dit juste : T'as fait entrer mon fils dans le libertinage. Et le pire c'est que c'est vrai.

Avec Florian on s'est mis à l'échangisme en arrivant

dans le Sud. Le premier club c'est à Montpellier : on rencontre des couples, on fait des soirées, sexuellement on se découvre, on apprend à se donner du plaisir, ça renforce notre désir, l'expérience est positive. Mais au final c'est moi la dépravée, Florian l'ange, tout le monde est au courant, vive ma réputation.

T'es pas très bien entourée, me commente la Gazette. Même le libertinage, notre secret, il a fallu qu'il en parle à sa mère. Mamie, je lui dis, tu sais pas le quart des choses. J'ai envie de tout balancer à Josiane, mais je m'arrête là, je lui parle pas des coups. Ça sert à rien, son fils c'est Dieu, alors je dis plus rien.

Pendant la période échangiste, il y a moins de violences. Il a une autre copine, moi aussi je le trompe. Il reste violent en mots, mais comme sa mère est tout le temps à la maison, il se retient physiquement. Il faut que personne voie. Il fait très attention à l'image qu'il donne, sauf il y a deux ans. Cette fois Jade était là, et il a pas pu se retenir.

3

En 2010 on est en galère d'argent par ma faute, au bord de perdre la maison. Florian je le vois jamais, alors pour me venger je fais des achats compulsifs, des fringues, des choses pour les gamins : je comble.

Je travaille maintenant à Hachette Voyages. Florian me dit : Est-ce que tu peux prendre un peu d'argent, qu'on fasse au moins les courses ? Ok ma cheffe est en vacances, je vais juste en emprunter un peu, le temps qu'elle revienne. Et bien sûr je me fais gauler, pour 150 euros, la honte de ma vie. La cheffe m'attend avec quelqu'un à ma place : Jessica, on sait que c'est vous. Je suis effondrée, j'appelle Florian et lui : Mais c'est une super nouvelle ! Tu vas pouvoir faire autre chose ! L'agence c'est vrai que j'aimais pas cette cheffe, je me tapais de sales journées, mais de là à se réjouir.

J'arrive quand même à toucher le chômage, je bifurque dans la vente de stores enrouleurs, à partir d'une annonce dans le journal. Je fais ce taf mais au début c'est pas fou, le tourisme c'était mon métier passion, les plages de sable fin, même si tu gagnes moins.

Je commence en août et en octobre j'ai toujours pas de clients. Comment on va faire, je me dis. Un matin je me lève, je tombe dans les pommes, tellement j'ai peur de pas subvenir à ma famille : hôpital, pompiers, crise de stress.

Finalement je réussis une vente, puis deux, puis quatre, puis Florian rentre progressivement dans la partie, je lui fais rencontrer la direction, il devient commercial puis installateur, il se met dedans, il apprend sur le tas, aujourd'hui avec une société à son nom grâce à un bon coup de pouce de monsieur Chauzain, qui l'a aidé pour l'assurance, le démarrage. Florian conserve des liens avec eux, moi je garde mes distances.

4

Décembre 2010, Édouard, le seul fils Chauzain avec qui je suis restée en contact, m'apprend la mort de son frère Alexandre.

Il y a foule à l'enterrement, à Rambouillet, dans une immense église. Énormément de fleurs. Alexandre est très connu : c'était un excellent golfeur, il jouait de l'orgue pour la paroisse, était très apprécié en tant que pharmacien, rendait mille services.

À l'église je veux me mettre derrière, avec tout le monde, mais madame Chauzain me fait signe de venir à côté d'eux, au deuxième rang, comme si avec Florian on était de la famille.

Tout le monde fait un discours, et c'est celui de Brigitte, l'ex-femme d'Alexandre, qui me marque le plus. Elle l'avait quitté l'année précédente, mais elle explique comment elle l'a aimé, qu'Alexandre était malade, que c'était une belle personne, sensible, fragile. En même temps qu'elle parle j'entends les réflexions de mon ex-sœur, Clotilde : Mais oui c'est ça ! Tu l'as quitté et t'as foutu sa vie en l'air ! Madame Chauzain aussi fait des remarques, lui rejette la faute. Elles qui se disent chrétiennes.

Le soir, il y a un repas juste entre Chauzain. C'est le lâchage sur elle : il s'est marié avec la mauvaise femme, c'est elle qui a demandé le divorce, qui l'a poussé à bout. Sans savoir ce que Brigitte subissait au quotidien. Il y a qu'Édouard pour la défendre : Mon frère il avait des problèmes ! Il voulait trop ressembler à papa, et surtout il était bipolaire ! Mais madame Chauzain est pas d'accord, pour elle ça existe pas.

Tout le repas je dis rien, je suis choquée. Cette famille qui m'a si bien accueillie, qui m'a vraiment aidée, qui m'a montré la voie, que j'idéalise, se comporter comme ça, être incapable de voir clair et s'en prendre à cette femme. Quelque chose se fissure en moi, comme après la lettre de madame Chauzain sur mon infidélité. Cette morale catho à laquelle je croyais prend un sale goût de Destop. Édouard lui s'était détourné depuis longtemps de sa famille, et il m'avait prévenue : Jessie tu te fais une trop haute idée de mes parents, c'est loin d'être des saints. Mais moi je le croyais pas.

Deux ans et demi plus tard, en août 2013, on est invités chez eux dans les Cévennes dans leur maison à la campagne, avec Florian, Josiane et les enfants. La journée se passe, on finit de dîner, les gens s'éparpillent, on se retrouve seuls tous les deux avec monsieur Chauzain. D'abord on discute du beau temps, de mon évolution, de mes difficultés. Puis il glisse doucement : Tu sais, j'ai jamais eu qu'une seule femme dans ma vie, mais j'aurais eu l'occasion d'autre chose… En gros il me fait comprendre qu'il aurait bien aimé avoir des maîtresses. Puis il m'explique qu'il en veut à sa femme d'avoir quitté Rambouillet pour les Cévennes, laissant Alexandre seul depuis son divorce avec ses deux enfants en garde alternée. Tu sais on s'en occupait beaucoup, de nos petits-enfants, et Alexandre avait particulièrement besoin de nous à ce moment-là. Mais non, elle avait décidé qu'elle en pouvait plus de la ville, alors il a fallu qu'on la suive. Pourtant c'était comme une fuite, et jamais j'aurais dû la laisser faire. On est partis s'installer ici en septembre, et Alexandre s'en est allé en décembre. On l'a abandonné.

Après ce bel aveu, je lui dis que je suis triste de pas avoir eu plus tôt ce genre de discussion : ça nous aurait aidés. Madame Chauzain était ma référente, mais monsieur Chauzain aurait peut-être été mieux, j'ai pensé sur le coup. En tout cas je le trouve touchant ce soir-là. L'image de la famille parfaite s'effondre encore un peu, mais je comprends mieux la complexité des choses, aussi comment la religion est qu'une belle façade.

Les gens vont à l'église, bien rangés, il faut pas divorcer, il faut aider le prochain. Mais le pape vit dans son palais de milliardaire au Vatican. À l'office, tout le monde s'habille bien rutilant, mais dessous c'est la même crasse qu'ailleurs.

Aujourd'hui j'adore toujours les églises, les cimetières, percer le monde invisible. Mais la spiritualité je la vis autrement, par le réseau « Sorcières » : je tire les cartes, je mets des bougies, je brûle de la sauge pour purifier, dans des lieux où je sens de mauvaises énergies. Je mets du gros sel, j'ai un bracelet de pierres énergétiques que m'a offert Myriam rencontrée en Égypte lors d'un séjour avec les dauphins. On s'appelle, on se parle beaucoup, on pratique ensemble. En ce moment elle est dans la communication animale, parce qu'elle adore les bêtes. Moi j'adore cette phrase : *Nous sommes les petites-filles des sorcières que vous n'avez pas brûlées.* Je me sens comme ça, de cette communauté. Celles qui restent. Pour moi en faire partie, c'est encore défendre celles qu'on a brûlées pour rien.

Après la visite dans les Cévennes, j'ai un élan : je me dis que je suis responsable du malheur des Chauzain, le grain de sable qui a ruiné leur famille, qui a pu causer la mort d'Alexandre, alors je fais une lettre à Clotilde, pour m'excuser. Elle mettra quelques semaines à répondre, pour me remercier. Mais après je m'en veux de m'être encore excusée de vivre, d'exister. De croire que je mine la vie des autres, alors que les Chauzain avaient aussi besoin de moi pour être de bons chrétiens.

Ensuite j'ai plus aucune nouvelle, et puis un jour monsieur Chauzain m'appelle, comme ça, pour en prendre. Je suis surprise, contente qu'il fasse ce pas. Il m'annonce qu'il vient d'avoir soixante-quinze ans : La vie passe, il me dit, et il m'explique qu'il demande toujours de mes nouvelles, par Florian. Alors sans réfléchir : Mais vous en préférez pas directement de moi ? Vous savez que j'ai aussi un téléphone ?

J'ai pas pu me retenir, alors que je sais qu'il voulait être gentil.

5

Le matin comme Alain mon beau-père partait tôt au boulot, avec Jérémie on pouvait mettre des 45 tours avant d'aller à l'école, qu'on enfournait dans ce mange-disque orange qui s'appelait « Julien », je sais toujours pas pourquoi. Il faisait défiler les tubes de Johnny dessus.

Plus tard quand les enfants étaient petits, je suis tombée à une brocante sur un type qui vendait un mange-disque comme Julien, avec en plus parmi ses 45 tours celui du *Train de la vie*. On se le passait souvent, Jade et David adoraient cette chanson. Je sais plus où je l'ai mis, mais je me souviens la pochette avec cette vieille locomotive dessinée au fusain et une photo de Gilbert Bécaud collée dans le rond à l'avant. Sa tête de nounours qui sourit, avec ses yeux de biche consolants censés nous faire comprendre qu'au fond, même si t'as pas eu de chance, c'est juste une vie, un trajet à subir.

2014, des copines m'appellent pour me signaler qu'elles reçoivent des textos bourrés de fautes d'orthographe, d'un mec qui leur fait des propositions. Florian nie au début, mais finit par avouer qu'il a deux téléphones. Pour moi, c'est le déclic : je comprends qu'il est temps de changer de wagon.

T'es moche, tu pues, toutes ces humiliations, soi-disant par jalousie, donc de ma faute encore. Avec cet argument : pour se venger qu'on les ferait souffrir, eux les hommes. Alors que c'est juste leur ego qui souffre, nous on est que des prétextes, des objets qu'ils trimbalent.

Je quitte ce mec, je maigris, je me fais belle, bronzée, je reprends le petit train : plus besoin de cette ordure. L'essentiel est invisible. Je suis à la recherche de ça. Je deviens solitaire, plus calme et réfléchie. J'avance, je mûris, je me range des liaisons superficielles, des sites de rencontres. Je vois un psy, je descends l'Aude en canoë, je remonte par l'hypnose.

Avec Jade et David, on se fait tous les *Harry Potter* plusieurs week-ends d'affilée. Cet orphelin non désiré dans cette famille horrible, c'est moi : je veux avoir ses pouvoirs. Avec Myriam, ma nouvelle copine, on s'achète des cartes d'oracle, on découvre la puissance des pratiques, on s'inscrit sur de nouvelles pages Facebook, des groupes privés du genre « Sorcellerie, Magies et Potions », ou « Le cœur d'une sorcière », où on se retrouve à échanger nos impressions, se donner des conseils, des recettes de bien-être. Moi je suis beaucoup dans l'intuition, et elle dans la guérison par les plantes. On se fait des rituels de pleine lune, des invocations à l'univers, par exemple pour une place de parking ou une demande d'alloc. On se promène dans les bois, on touche les arbres. On fait des offrandes, on exhorte le ciel la nuit d'Halloween.

Ce que j'aime dans ces groupes, c'est qu'on se retrouve entre femmes, loin de l'angoisse des hommes, de leurs besoins, de leur présence permanente : celle dont ma mère parle dans le dossier. On se dit clairement qu'on en peut plus de les supporter, on se répète ce message entre nous, pour se donner de la force, parce qu'on est toutes fragiles à ce niveau, parce que la société nous demande d'être en couple, et que moi je sais que je suis pas mal revenue par le passé, que je peux craquer, retourner avec Florian. Elles m'aident à dire non, à mettre des barrières. Même maintenant divorcés, Florian s'accroche comme au début, parce qu'il m'a tellement vue flancher. Il sent que j'ai les mêmes trouilles ancestrales, que je pourrais revenir. Sa sorcellerie à lui, c'est cette phrase qu'il répète comme une malédiction : *Je serai toujours là pour toi.*

6

*J'ai connu Florian El F*** en 1995. Je suis tombée enceinte d'un autre garçon, Thierry D***, en 1999. C'est vrai qu'à ce moment-là je le trompais. Quand il a découvert qu'il n'était pas le père légitime, il m'a donné plusieurs coups de poing dans le ventre tout en disant que j'allais le perdre. À cette époque je lui ai pardonné et je n'ai pas déposé plainte.*

Nous nous sommes mariés le 7 juillet 2003. De notre union Jade était née le 4 septembre 2001. Florian a reconnu mon fils né le 11 juin 2000, qui a été légitimé par notre mariage.

Le 13 août 2015, j'ai demandé à Florian le divorce mais il a refusé. Il a tenté de me reconquérir mais en vain donc on a divorcé.

Finalement en avril 2016 nous avons décidé de nous donner une seconde chance. Il était convenu que je fasse un travail psychologique uniquement sur moi-même. Quelques mois après, ma psychologue m'a conseillé de faire une thérapie de couple car elle jugeait que moi ça allait mais qu'il serait souhaitable de consulter ensemble. Ce que nous avons fait pendant trois ou quatre mois.

En novembre 2016, n'ayant pas confiance en lui, je me suis mise à le géolocaliser avec son téléphone mais je lui ai avoué. À partir de là notre relation s'est dégradée jusqu'à exploser complètement.

En avril 2017, j'ai annoncé à Florian que je voulais que l'on se sépare. Je lui ai dit qu'il pouvait rester dans notre domicile le temps qu'il trouve un logement. Florian n'a pas accepté le divorce et a continué mine de rien, me harcelant au téléphone. Je tiens à préciser que Florian est souvent agressif verbalement, c'est-à-dire qu'il m'insulte régulièrement de salope, de connasse, va te faire voir, grosse pute et autres.

L'année dernière nous avons eu une altercation à notre domicile. Florian a commencé à crier, je me suis mise par terre au sol et il en a profité pour me donner des coups de pied dans le ventre. À l'issue, il a mis des coups de poing dans le mur. J'ai été obligée de riposter mais je ne me souviens plus des coups exacts.

*Il y a quinze jours environ, Florian a fini par déménager chez sa mère, Mme Josiane El F***. Au vu de notre partenariat et de nos enfants, je l'ai contacté à plusieurs reprises pour discuter des modalités. Il n'y a pas moyen d'arriver à se parler.*

Hier j'ai contacté Florian par téléphone pour convenir d'un rendez-vous sur le parking du Quick. Quand je suis arrivée, Florian n'était pas encore là donc je me suis assise à une table dehors. Je l'ai vu ensuite stationner sur le parking, je suis allée le voir et lui ai proposé de s'installer à une table pour parler. Il a accepté. J'ai sorti mon dossier et de suite

Florian a protesté en disant que je le gonflais, qu'il avait pas envie de discuter.

J'ai dit : Il faut qu'on discute ! Mais il a continué d'aller vers sa voiture. À sa hauteur, je me suis mise devant sa portière et je lui ai dit que je refusais qu'il parte. Il s'est énervé et m'a demandé de partir mais j'ai de nouveau refusé. Il m'a alors poussée violemment pour m'écarter de sa portière. Je me suis relevée et je lui ai donné un coup au niveau des jambes. Florian est allé de l'autre côté de la voiture, est monté sur le siège passager. Je suis montée alors sur le siège conducteur. J'ai refusé de partir car je voulais parler. Je lui ai dit que j'allais appeler la police. Il est sorti du siège et il est revenu de mon côté. J'ai appelé de suite la police qui est intervenue. Après leur intervention, Florian est parti.

À 21 h 50, Florian m'a envoyé un texto pour me demander si je voulais discuter et je lui ai répondu que c'est ce que je voulais tout à l'heure. Il m'a ensuite téléphoné en me demandant où j'étais. Je lui ai dit que j'étais aux urgences et il m'a demandé lesquelles mais je ne lui ai pas dit. Florian a dit : Mais c'est pas moi qui t'ai poussée, tu es tombée toute seule. Le soir à 23 h 08, je l'ai appelé à sa demande. Je lui ai demandé s'il avait quelque chose à me dire, ce à quoi il a répondu PARDON, JE M'EXCUSE.

Après examen par le docteur Babacar Kane, je souffre de l'épaule gauche. Une première ITT de cinq jours m'a été délivrée. Je pense sincèrement que Florian ne se contrôle pas, il est agressif et violent.

Florian me fait peur.

7

La nuit du 5 au 6 décembre 2017, impossible de dormir : je ressens comme un souffle froid. À 3 heures du matin, j'appelle Christophe, mon nouveau mec de l'époque, qui me pourrit de le réveiller. Je raccroche, j'allume internet : je découvre que Johnny est mort.

Ma première pensée, j'avoue, elle est pour mon beau-père Alain : comment il va réagir ? Puis ensuite je m'effondre : le fantôme de Johnny m'apparaît de partout.

Pendant trois jours c'est le roadtrip total dans ma tête, je reste au lit à pas manger, j'arrête pas de chialer : comme si une page se tourne, que le cauchemar est terminé mais qu'il y a rien après, que toutes nos vies, nos visages ont été enterrés.

Puis me revient cette scène avec Alain deux ans avant, à l'époque où Ashley l'hébergeait, après sa sortie de prison. Je suis en train de conduire, et à un feu rouge je le vois dans la voiture de ma sœur, avec ses tatouages, son vieux cuir, le bide qui ressort, les cheveux rouxblanc, déchet humain à lunettes. Comme une apparition de nulle part.

Comment j'ai fait pour avoir peur de ça ?! Il m'avait pas vue, lui, mais j'avais pas eu peur non plus de croiser son regard. Après je crois que ça m'a fait du bien de le voir en vrai. Après c'était fini la peur, son fantôme pouvait plus me poursuivre.

8

Le 26 août 2018, Florian débarque chez moi, en me disant qu'il m'aime, qu'il veut pas que ça se passe comme ça. Je lui réponds que j'ai refait ma vie avec Christophe, alors il frappe : coups de poing, coups de pied. Puis il prend mon téléphone pour lire mes messages, et le brise en mille par terre.

Ensuite il redescend, j'essaie de prendre son téléphone, pour me venger, le casser. J'y arrive pas. Il me dit : Excuse-moi. Et il part.

Avec le tél de la boîte, j'envoie un texto à Christophe pour lui raconter ce qui vient de se passer. Lui allait au boulot, il fait demi-tour, m'accompagne signaler l'agression : une vieille gendarmerie, le papier peint verdâtre, les sièges en vieux tissu. J'ai cru en flash que j'allais voir Sylvie, menottée, apparaître.

Florian est convoqué. Comme il y a déjà des rappels à la loi, peut-être que cette fois. Mais non, rien. Il faut dire que plusieurs fois j'ai retiré mes plaintes, que je suis ambiguë, quelque part je vais pas assez loin. Inconsciemment peut-être que je lui donne de l'espoir.

Mais concrètement je sais que si je lui refuse quelque chose, il y aura des représailles. Une fois il a cassé la vitre arrière de ma voiture et j'ai retiré la plainte. Mon avocat a dit : Vous, vous êtes pas facile à défendre.

Déménager, partir loin : dans ces affaires, la seule solution, c'est la fuite il paraît. Si je veux une vie normale, qu'elle arrête d'être un film.

XIV

1

2018, Josiane mon ex-belle-mère commence à se dégrader. C'est une femme malheureuse, qui a tout fait pour ses enfants et ses petits-enfants, au point de s'oublier. Elle est devenue négative : elle voit que le noir autour. Moi d'être passée près de la mort plusieurs fois, je vois la chance de vivre : ça me tient. Alors qu'elle avec juste son travail, les dettes de son mari, ses fils ingrats.

Sylvie ma mère habite Nantes, en Bretagne, elle a refait sa vie avec un homme. Et mon vrai père habite en Charente. Selon lui il a vraiment arrêté de picoler. Il m'écrit : *Le cœur d'un enfant est un bienfait que Dieu ne donne qu'une fois.*

Alain est retombé dans l'alcool, il vit en couple avec un ex-détenu de la prison de Caen, toujours dans son délire Johnny. Ashley s'occupe de lui quand elle peut. Mais quand il est Johnny, il entre en transe, il fait peur. Petit à petit elle prend ses distances.

2

2018-2019, je passe beaucoup de temps au Marineland d'Antibes : je fais mon apprentissage.

Quand je suis avec les dauphins, j'ai ces flashs, je me connecte, j'oublie tout. Sans eux, je vis à côté de ma vie. Les dauphins me remettent dans le bon sens.

La première fois que je nage avec eux, c'est au Mexique, en 2007. Un voyage gagné par l'agence, quinze jours avec Florian, dans un espace semi-clos où on peut les toucher.

Progressivement je comprends la nécessité de les libérer des bassins de captivité : on dirait des chiens qui obéissent, ils ramènent la baballe, shootés aux antibiotiques. Aujourd'hui avec d'autres militants on est en train de leur trouver un sanctuaire marin. La loi Ségolène Royal, qui interdit la reproduction des animaux marins en captivité, nous a donné de l'espoir. Mais ça a pas fonctionné, les lobbys ont mis leurs meilleurs avocats, ils ont trouvé une faille. Les cétacés accouchent encore dans des baignoires. Je continuerai le combat jusqu'à temps qu'il n'y ait plus de delphinariums en France.

Sinon je nage trois quatre fois par an sur des excursions en mer qu'ils proposent, où je les vois sauter. Ma psy fait le rapport entre eux, la captivité, la prison et l'eau, c'est de ça qu'ils me parlent selon elle, mais pour moi c'est encore plus profond.

Quand je suis à Marineland, tout le staff hallucine de ma connexion avec eux : ils m'arrosent, ils me parlent, je leur dis de faire des ronds, ils les font. Je vais les voir en prison, comme ça après en liberté ils sauront qui je suis, on se retrouvera en mer, au sanctuaire marin.

Je veux apprendre à les connaître et qu'ils apprennent à me connaître. Il y a le bébé Kaï, il y a Lucky, Roxy. Ça va prendre du temps, il est probable que le sanctuaire soit installé à l'étranger, en Grèce, d'où mon projet de catamaran, quitter ce monde des hommes.

Les dauphins ils te regardent. Nez à nez, en mer, ton apnée tu la tiens, c'est très fort. Je deviens un dauphin, j'ai la sensation que dans une autre vie j'habitais le monde marin, que c'est mon liquide amniotique. J'ai beaucoup de photos avec eux sur mes murs. Quand je nous regarde, que je suis de profil, mon œil est comme le leur, ma peau est comme la leur. Comme si j'avais des gènes. Après ma mort j'espère être un dauphin. De la tombe j'imagine une petite rivière souterraine qui donne jusqu'à la mer, un tunnel bleu qui se faufile dans la terre. Pour eux je suis capable de tout quitter. J'ai eu une vie de gentille comme Florian voulait, mais c'était pas la mienne.

3

En mars 2019, avec Florian on se pointe à l'appart de ma fille Jade et on découvre les marques à son visage. Heureusement son CRS est pas là, mais justement Florian sait pas comment réagir, il se met à l'insulter elle, à la traiter de cassos, de pauvre loque. Moi je supporte pas, je lui fonce dessus. D'un coup de poing il me met K-O. Et de rage, alors que je suis par terre, assommée, il continue de me donner des coups de pied devant sa fille. Là elle a vu de quoi il est capable.

Je me réveille dans ses bras, il me dit qu'il a eu peur de me tuer. Après il rentre chez lui fumer un joint, puis trente minutes après il se rend au commissariat, faire sa nuit de garde à vue, pendant que moi je file seule aux urgences.

La neurologue explique dans le dossier que *Mme Jessica Martin a été victime le 16 mars 2019 d'une agression compliquée de traumatisme crânien et perte de connaissance. Au décours elle a présenté des crises de migraine avec aura, qui sont rentrées dans l'ordre, puisqu'elle n'a pas présenté de crise depuis trois semaines.*

Cependant depuis une semaine, elle présente des malaises, sans perte de connaissance, associés à une raideur et une contracture cervicales, puis une violente céphalée durant quelques minutes, associée à des nausées avec au décours une sensation de fatigue. Elle peut présenter plusieurs malaises par jour, sans perte de connaissance. Je préconise le repos, la poursuite de la prise en charge rééducative par physiothérapie sédative et orthoptie.

4

Le 4 juin 2020, précisément à 21 h 20, je reçois sur Messenger ce message de Sylvie ma mère : *Aucun médicament ne peut soigner LES DOULEURS DE L'ÂME, il n'existe qu'un calmant qui s'appelle LE TEMPS et qui nous apprend à ne plus avoir mal, même si la blessure est toujours là…* Je comprends pas ce qu'elle veut me dire, je fais des recherches et découvre que cette phrase est une citation tirée de *Santé+ Magazine.*

Moi : *Qu'est-ce que tu veux ?*

Pas de réponse.

26 juillet à 11 h 28 :

Sylvie : *Est-ce que tu joues à Super-Fleuriste ? Si oui peux-tu devenir mon amie sur le jeu ? En te remerciant d'avance j'ai besoin de pivoine jaune merci !*

26 juillet à 13 h 45 :

Moi : *Tas un numéro de tél ?*

Sylvie : *Oui*

Moi : *Bah ç quoi*

Sylvie : *Veux tu vraiment ? Ne me joins pas ce soir et si tu me donnait le tiens toi. Et qui te donne de mes news ?*

Moi : *Une de tes ex-codétenues. Pkoi pas ce soir ?*

Sylvie : *Qui ?*

Moi : *Une vieille dame je retrouverai son prénom tkt pas.*

Sylvie : *Elizabeth ? Mamite ? Gisèle ? As tu retrouve ?*

Moi : *Non. Je recherche. Elle m'avait contactée sur Messenger. Et je l'ai virée*

Sylvie : *Hélène ?*

Moi : *Ca va me revenir. Ah oui possible. Une vieille dame qui est sortie elle aussi.*

Sylvie : *Fernande ?*

Moi : *Peut-être oui franchement ça date un peu. Elle a des grands enfants. Ça ç sur. Elle ne les voyait plus ou quasiment plus. Et elle m'a parlé.*

Sylvie : *On sen fou un peu de qui cest. Maria ?*

Moi : *Ba tu me demandes. Alors je cherche qui ça peut être. Mais ça date. Je sais que tu es dame de cantine et que tu habites à Nantes, que tu as un appartement. Voilà. Ensuite mes enfants savent tout donc sache qu'ils vont bien, ils ont grandi, sont en bonne santé, ç ça l'essentiel et ils réussissent à l'école.*

Sylvie : *Je sais que David a 20 ans et que l'anniversaire de Jade est le 4 septembre. Je n'ai pas oublié leurs dates de naissance ni la tienne. + de bat demain taf de bonne heure je vais me coucher je te donnerai mon tel demain bisous.*

Puis elle m'invite sur Messenger.

Sylvie : *Bonne nuit nous reprendrons notre conversation demain ok bonne nuit tu habites tjrs vers Toulouse ?*

Cinq minutes plus tard un dessin de Titi Grosminet avec Titi un cœur entre les bras, allant se mettre au lit. Titi dit en italique : *Je ne sais pas vous !!! mais moi je suis fatigué... je vous dis bonne nuit. Bisou. À demain.*

27 juillet à 07 h 07 :
Sylvie : *Appel vocal manqué*

27 juillet à 09 h 03 :
Sylvie : *Mon numéro est le 06* ********
Sylvie : *Mais pas le matin je bosse et toi aussi je pense dsl pour ce matin espère pas réveiller.*

Depuis, rien.

5

Toussaint 2020, je me rends comme d'habitude sur la tombe de mon frère, et je découvre que notre ex-maison de Solcy est habitée : les scellés ont disparu, et une voiture est garée devant. Trente ans après, est-ce que je vais pouvoir entrer ?

Je frappe, je tombe sur un monsieur avec ses deux chiens, qui me fait signe d'avancer, sans rien me demander. Dedans il fait un froid glacial, il m'explique qu'il a pas l'électricité, qu'il traverse une période difficile. Il me dit qu'il essaie de vendre la maison, veut s'en débarrasser. Il dit un prix : Si vous voulez, elle est à vous.

Je lui demande si je peux me laver les mains, j'entre dans la salle de bains : exactement comme je l'imaginais. Puis sans aller à la chambre des parents, je demande à visiter l'étage, en faisant mine de réfléchir à son offre.

Il me suit, m'ouvre la porte. Dès que je suis dans la chambre de Jérémie, je fais une sorte de crise d'angoisse, avec palpitations. Il tente de me calmer, me dit de respirer, il a l'air tellement triste lui aussi. Par terre sur la moquette, je vois les taches, rien n'a bougé, je bégaye, je tremble, mais lui est passé à autre chose, il est dans sa galère, il a repris le discours de ses soucis, il fait plus attention à moi. On entre dans ma chambre, là où je faisais pipi dans la carafe Barbie, et toujours le même lit, dans la même position, avec les mêmes placards : ça va mieux, je tiens le coup.

On redescend l'escalier, il me parle du jardin, qui est très agréable, comme s'il se prenait pour un agent immobilier, qu'il me faisait l'article : Venez voir ! Mais là je sais pas ce qui m'arrive, impossible physiquement d'atteindre la porte-fenêtre, comme si une force me retenait par les épaules. Lui continue mine de rien d'étaler ses problèmes de divorce, raconte que depuis qu'il a acheté cette maison, c'est comme s'il était maudit, le tribunal lui réclame la pension, alors qu'il a toujours payé cash : il est en boucle.

Je scrute ce décor familier, ces grains de poussière dans la lumière d'automne, la cuisine avec l'emplacement des gamelles près du frigo : rien n'a changé, sauf que les gamelles sont blanches et vraiment destinées à des chiens. J'essaie de sentir si Jérémie m'accompagne, si je peux capter sa présence, mais non je comprends qu'il n'a plus rien à faire avec cette maison de mort, qu'il est là-haut dans les nuages avec ses nouveaux potes.

Ce même carrelage marron, avec les petits losanges blancs effrayants. Comme des yeux vides. Cette énergie froide, maléfique : la moquette beige clair, les meubles rouges, les murs crépis. Je me tourne et j'avance vers la baie vitrée. J'ouvre et je me retrouve au grand air, je me remplis les poumons. Quelque chose manque : la butte a disparu. Le jardin est une pelouse plate, comme un visage sans nez, effacé.

6

16 janvier 2021, ce mail de monsieur Chauzain, qui commence comme ça : *Cher Florian et Jessica.* Dans cet ordre. C'est-à-dire même pas *Chère Jessica et cher Florian.* Alors que c'était moi leur fille.

Et puis cette photo de leurs huit petits-enfants qui sourient devant l'église, et les explications dessous : *Renée* (madame Chauzain, ma mère adoptive) *s'est envolée vers Notre Père.* Mais pour moi et Florian le mail de faire-part a été envoyé soigneusement deux jours après la date : qu'on risque pas d'assister à la cérémonie.

Je découvre aussi qu'ils avaient vendu leur maison dans les Cévennes, qu'ils s'étaient installés à Montpellier et que je le savais même pas. À moins d'une heure d'où j'habite.

Trois mois avant ça, j'avais reçu un message plutôt gentil, pour mes quarante ans.

Ça m'a fait tellement mal. Pourtant j'avais fait une croix sur les Chauzain, mais c'est encore un rejet. Toutes ces années qu'on a passées ensemble : c'était quand même mes parents de cœur.

Alors j'ai répondu : *Bonjour Jacques, c'est avec une grande tristesse que j'apprends cette nouvelle, et vous avez toutes mes condoléances.* Je me souviens en écrivant ce message la boule d'injustice, qui monte et m'empêche de respirer.

Je revois mon nom sur leur boîte aux lettres : comme je m'étais appliquée pour l'écrire. Maintenant c'est comme s'ils le raturaient au Bic, en s'énervant dessus, à déchirer le papier.

Pourtant ils ont jamais pris d'autre enfant après moi, ni avant.

Peut-être qu'elle voulait pas que je sois là. Ou bien c'est lui qui a décidé de m'écarter de leur famille pour de bon, maintenant que sa femme est morte. Un moment je me demande si je vais prendre des nouvelles pour savoir ce qui lui est arrivé, mais finalement je laisse tomber. Je demande juste où elle est enterrée. Je sais qu'un jour j'irai, déposer une rose pour la remercier quand même de m'avoir fait sentir l'amour.

7

Un an plus tard, samedi 26 février 2022, Josiane est hospitalisée. J'arrive à sa chambre et elle, direct : Avoue que c'est toi qui m'as jeté un sort !

Ce jour-là je porte une robe orange et noire. Elle enchaîne comme une folle en me disant que cette robe me va bien, elle parle dans tous les sens, elle hurle qu'elle veut quitter cet hôpital, alors que les médecins viennent de lui diagnostiquer trois cancers : les os, l'utérus, le foie.

Mardi 1er mars, Josiane parle plus, mange plus. On voit seulement des expressions de morphine sur son visage figé. Elle veut me dire des choses, mais ses émotions sont bloquées par les médocs. Ses yeux brillants peuvent pas couler.

Bizarrement j'ai envie d'être là. Nos rapports s'étaient beaucoup dégradés, mais je sais que je dois m'occuper d'elle, je suis la seule à pouvoir le faire, et c'est sa mort en jeu.

David vient me soutenir. Jade passe de temps en temps aussi. Quand elle est là, elle appelle toute la compagnie de CRS, insiste pour que son homme obtienne une permission. Comme si Josiane avait envie de le voir. En vrai elle pouvait pas le blairer, son poulet. Elle m'avait même fait jurer de parler à Jade, pour pas qu'il soit à l'enterrement. Elle l'appelait le « Benêt ».

Le mercredi je reste à l'hôpital, avec David l'après-midi. Elle parle plus du tout. On lui met ses musiques, du Jean Ferrat, et je commence à lui lire son bouquin préféré, *La Disgrâce* de Nicole Avril. Je me dis que ça lui fera plaisir. Mais ce bouquin est comme elle, hyper négatif, dans le jugement, dans la violence psychologique, sur la race. J'essaie de lire mais ça me dégoûte, chaque phrase m'écorche. Alors j'arrête, et à la place on lui chante des chansons, on pleure quand elle émet des râles qui sortent du fond du corps.

Un matin elle fait signe que sa bague lui fait mal. Avec les médocs la main a dû gonfler. J'arrive quand même à lui retirer, et avec David on lui demande à qui elle veut la donner : Tu veux l'offrir à Jade ? Elle fait signe que non. Tu veux l'offrir à Lina, la femme de David ? Non. Puis là David demande si elle veut me l'offrir à moi. Josiane hoche la tête. Je la regarde et je répète : Tu es sûre ? Elle confirme. Alors je prends la bague, je l'enfile à l'index, mais dès qu'elle est sur moi je ressens des nausées. J'essaie de lutter, mais impossible. Alors j'enlève la bague, et ça va mieux. Je la regarde, je lui dis que je suis désolée, que je peux pas la garder, qu'elle doit pas être pour moi.

Le jeudi tout le monde bosse, je suis seule avec elle.

Sauf quand les aides-soignantes passent. J'ai ramené mes cartes, je leur tire les tarots, on joue avec mon ex-belle-mère, elles aussi sont dans le surnaturel. On s'accroupit autour du lit, on fait des rituels, je me mets à pleurer, mon corps se vide, je ressens une belle chaleur.

Le vendredi, depuis deux jours que Florian insiste pour qu'elle rentre à la maison, il a enfin gain de cause, et c'est bien, car c'est ce qu'elle voulait.

Jade l'accueille sur le palier en pleurant. Elle lui montre son bébé, Paul, pour que mamie fasse un bisou. Mais Josiane y arrive pas. Laurent son fils aîné est en fauteuil roulant. Quand il la voit il part s'enfermer dans sa chambre.

Cet après-midi-là, je réessaie de lui lire son livre, j'en suis qu'à la page 19 mais j'en peux déjà plus. Alors on lui met du Sardou, du Balavoine, Florian tient pas en place, il entre il sort de la pièce, il sait pas où se poser. Je lui chante l'*Hymne à l'amour* de Piaf, puis *Non je ne regrette rien*. Tout doucement à l'oreille, comme une comptine pour calmer les enfants. Il n'y a plus que moi, Florian et l'infirmière. Et puis ce dernier râle, à 18 heures. L'infirmière prend le pouls, s'approche de Josiane, lui dit : Ça y est, vous pouvez partir. Laurent doit sentir un souffle, il sort de sa chambre, toujours en fauteuil, mais s'approche pas : il reste au fond du couloir.

L'infirmière fait la toilette mortuaire. Elle me demande où sont les gants de toilette. Je touche Josiane, froide, et je lui dis encore juste ça à l'oreille : Repose en paix, va vers la lumière, et dis bonjour à Jérémie.

8

La vie se joue à un point près. Comme un combat. À un point près t'es formidable ou mort.

À rien. À un geste de trop. Tu passes ou tu t'éclates. Tu te rates d'une pichenette. Ensuite il y a celles comme moi qui refusent de gagner : parce que ça convient pas, c'est pas notre esthétique. Parce qu'on aime les perdantes. Mais ça c'était avant, maintenant fini la lose, je veux plus être comme ça.

Ce livre il est pas juste pour moi : je suis juste un exemple. La Zeuh, elle fait ce qu'elle peut, elle nous donne de quoi vivre. Mais nous on est des gosses, on attend des miracles, et à chaque seconde.

Ces longs moments dans le vide, en tension, toujours au bord de péter un câble à cause de l'injustice, de la violence. Nos vies dans des parloirs, à rien se dire.

L'institution essaie de cadrer, de nous contenir, alors qu'on a qu'une envie : fuir. Tu deviens majeur, ils te libèrent, tu erres là-dedans, livré à toi-même, sans les repères du monde mobile. Alors tu récidives, tu te maries, tu en reprends pour tant, tu continues comme ça, à te fracasser dans des murs. Tu sais que t'es vulnérable, qu'à chaque instant tu peux plonger. Et tout le temps tu te demandes : est-ce qu'on peut s'en sortir, avoir une vie normale ? Est-ce que ce serait possible ? Avec ce qu'on traîne, est-ce qu'on en est capable ? Est-ce que c'est pas foutu d'avance ?

Parce que en vrai, sans se le dire, et même en tentant de jamais y penser, on sait très bien que nos vies vont être une sale galère. Qu'elles sont déjà tellement vrillées à la base, par rapport à ceux qui ont des familles, des parents qui les aiment. Alors au fond on veut juste savoir si honnêtement ça en vaut la peine. Parce qu'au fond à quoi bon, ce serait bien plus simple, plus facile, de tout défoncer autour : ça on connaît, on a même appris que ça.

Quand les gens parlent de leurs enfants, ça me fait toujours drôle. Ces témoignages de mères qui les aiment tellement qu'elles seraient *prêtes à mourir pour eux*, qui *donneraient tout*. Comme si c'était évident. Mais alors pourquoi Sylvie ma mère existe ?

L'autre jour dans le canoë, Véro qui me dit : Pour moi le pire ce serait qu'un des garçons meure avant moi. Je l'écoute, je la regarde. Elle sait ce que ma mère a fait. Pourquoi elle me dit ça ? Pour pas que je la confonde, pas que je croie qu'elle aussi souhaite la mort de ses gosses ? Est-ce que ma mère est la seule femme sur terre qui s'est dit que si ses enfants étaient pas nés, sa vie serait meilleure, son mec serait heureux, boirait pas et que tout irait bien ?

Peut-être que j'ai hérité d'elle pour parler comme ça. Mais moi j'ai eu la chance qu'on la mette en prison, ça m'a laissé la place de voir un peu le monde, de rencontrer par exemple les Chauzain, malgré tous leurs défauts, qui m'ont appris à vivre normalement. Sinon ce qui me vient d'elle, il y a rien à garder. Je continue mon nettoyage : je veux tout bazarder.

Je me regarde dans le miroir, et je me pose honnêtement la question : est-ce que pour moi la pire chose serait la mort de ma fille ou mon fils, comme le dit Véronique ? Est-ce que je suis convaincue ? Est-ce qu'elle est convaincue, ou bien est-ce qu'elle fait sa bonne mère ?

Des fois j'ai mes problèmes, Jade m'agace, je sens la violence qui monte et j'ai peur, parce que je sais qu'elle peut me rendre mauvaise, qu'au fond je suis née avec plus de violence que d'amour à offrir. Nous les enfants de la honte, issus de cette misère, on peut replonger en permanence et on en a envie, la guerre nous fait pas peur.

Pourtant mes enfants je les aime, la vie je l'aime : on est capable de belles choses, capable de beaucoup. Malgré mes erreurs, je souhaite que mes enfants puissent s'envoler où ils souhaitent, vivre en suivant leur courant. Dans le ciel j'ai mon frère Jérémie, ma copine Sophie, et mes deux mères de substitution : Renée et Josiane. Dans l'eau j'ai les dauphins. Sur la terre mes arbres. Maintenant à moi de construire mon coin dans l'horizon : ma cabane flottante.

OUVRAGES DE FRANÇOIS BEAUNE

UN HOMME LOUCHE, Verticales, 2009.

UN ANGE NOIR, Verticales, 2011.

LA LUNE DANS LE PUITS, Verticales, 2013.

YOUK LE RÂLEUR, avec Julia Wauters, Hélium, 2014.

UNE VIE DE GÉRARD EN OCCIDENT, Verticales, 2017.

L'ESPRIT DE FAMILLE : 77 POSITIONS LIBANAISES, Elyzad, 2018.

OMAR ET GREG, Le Nouvel Attila, 2018.

DANS MA ZUP, avec Fabrice Turrier, Le Nouvel Attila, 2019.

CALAMITY GWENN, Albin Michel, 2021.

SATKA OU LA CONQUÊTE DE L'EST, avec le photographe Bruno Boudjelal, L'Ire des marges, 2023.

Composition IGS-CP
Impression CPI Firmin-Didot en novembre 2024
Éditions Albin Michel
22, rue Huyghens, 75014 Paris
www.albin-michel.fr

ISBN : 978-2-226-49270-8
N° d'édition : 25851/01 – N° d'impression : 181870
Dépôt légal : janvier 2025
Imprimé en France